集英社オレンジ文庫

君がいて僕はいない

くらゆいあゆ

本書は書き下ろしです。

君がいて僕はいない

Contents

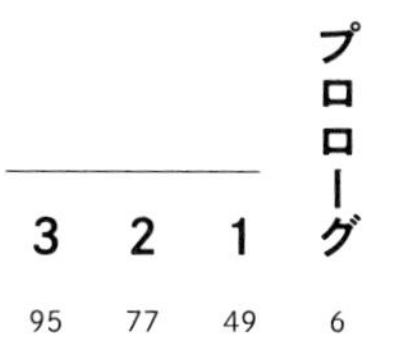

In another world,
you do exist......but I don't.

君がいて僕はいない
In another world,
you do exist......but I don't.

プロローグ

僕はひたすら願っていた。普通の日々を。
平凡で変哲なく月並みでありきたり。だけど安定している。
そんな毎日を、焦がれるほどに切望していた小学六年、冬。
中学受験が間近に迫っていた。

「たっだっいっま」
築五十年、赤さびだらけの外階段をカンカン音を立てて上る。二階の自宅の扉を、そーっと開けてごく小声でささやいた。
「うーん、城くん、おかえりぃー」

二間しかないこの部屋の間取りでは、玄関扉を開けると家の中ぜんぶが丸見え。奥の部屋で寝ていたエリちゃんが首をひねってこっちを向き、薄目を開けて返事をする。

「ごめん、起こした？」

「また寝るから大丈夫う。お弁当忘れないでね。あと朝の豚汁食べていきなよ、肉入ってないけど」

「知ってるよ、今朝食べたじゃん。おやすみエリちゃん」

「はぁーい」

エリちゃんこと添槇恵理子（そえまきえりこ）二十九歳。僕の姉ちゃんだと思っているやつも多いけど、ばりばり正真正銘の実母だ。

エリちゃんは布団を腕と足で抱きしめ、再び眠りに落ちていく。むにゃむにゃ呟（つぶや）く唇はふっくら、頭には天使の輪がぴかぴか、茶色い巻き髪はつやつや。お世辞にも上品とは言えない寝姿も、まだ学生みたい。わが母親ながらとても二十九には見えないと思う。

塾指定のリュックを下ろすと、エリちゃんが作ってくれた肉なしの豚汁を食べた。

「ぶほっ」

一度食べたから覚悟していたけど、やっぱり噴き出しそうになる。よくあることだけど慣れない。

エリちゃんは明け方にふらふらで帰ってきて、根性で豚汁と僕の弁当を作り、シャワーだけ浴びて布団に倒れ込んでいる。なんの調味料と間違えたのか、たぶん砂糖が入っている。食えないわけじゃないけど、多少の忍耐が必要な味であることは否(いな)めない。

豚汁をかき込んでから、ちゃぶ台に置いてある弁当を塾指定バッグに入れて立ち上がった。さっきまで図書館のフリースペースで勉強していた。一度軽い夕飯を家に食べに帰り、これから塾だ。

学校はまだ冬休み。世間は正月気分なのに僕たちの通う栄明(えいめい)アカデミーでは正月特訓なるものをやっている。塾生は強制参加。

「行ってくるね、エリちゃん」

息だけで出した声なのに、エリちゃんは眠りながら返事をした。

「城くん、がんばってぇー」

「了解っ」

リュックを背負い、僕はできるだけ音を立てないように玄関扉を開け、外に出た。今日は正月特訓の最終日で、その後、ちょっとした非日常イベントも待っている。

空はすでに夜の色。ぼろアパートの赤茶けた鉄骨廊下で、肘(ひじ)直角、両手をグーにして脇を締め、後ろにぐっと引くガッツポーズをささやかに決めた。

「よっしゃ！　やるぞー！」

なぜか心が高揚していた。僕は階段を一段飛ばしに降りていった。

「添槙くん今回のテスト、算数すごく上がったでしょ？」

花辻緒都が、僕が手にする答案を覗き込む。添槙城太郎、と書かれた不揃いな漢字の横の点数をじっと見ている。

「上がった！　てかこれ過去最高点なんだけど」

小学生の男女が八人、ぞろぞろと教室からエレベーターに向かう。中学受験のための大手進学塾、栄明アカデミー小深川校舎に通っている友だち同士。

A組の男子四人が中心だけど、きむっちが花辻緒都と、仲のいい遠藤あやのを誘った。緒都の双子の妹、花辻瑚都とその友だちも来ている。瑚都たち二人はC組だ。

瑚都と緒都は〝瓜二つのかわいい双子〟で、男子の間で有名だった。

「この問題できたんだ、すごいね。添槙くん」

「自分でびっくり」

熱心に僕の答案をチェックする緒都は、まだ勉強モードから抜け切れていないのかもしれない。でも僕は、緒都の隣を歩く瑚都に徐々に意識が吸い取られていく。

　僕は同じクラスの緒都ではなく、ふたつ離れた教室で授業を受ける瑚都のことがなぜだか気になっていた。

　瑚都と緒都。二人は仲がよく、肩で切り揃えた髪型もそっくりだ。私服も似かよっているし、なんなら同じものを着てくることさえある。きわめつけに二人とも左利きだった。ほとんどの男子はどっちがどっちだかわからないと首をひねっていた。

　でも僕は一目で見分けがつく。特技と言ってもいいかもしれない。

　僕たちのA組が終わると同時に瑚都が「緒都、帰ろう!」と手を振りながら教室に入ってくることが多い。その時の笑顔と跳ねるような足どりを、かわいい……とぼんやり眺め入ってしまう。ふいに目が合った時は心臓が飛び上がった。

　瑚都はたまに塾を休むことがあり、瑚都が呼びにこない日、緒都は遠藤あやのたちのグループと一緒に帰っていたようだ。瑚都が呼びに来る前に緒都が遠藤に声をかけると、僕の心臓はわかりやすくしおれる。

　同じ顔に同じ髪型。服装も似ている。塾でクラスが一緒なのは花辻緒都のほうで、しかも彼女と僕は、校舎で二人しかいない特待生だった。

　当然意識するものだろうと思うし、実際緒都のほうはこうやって僕の答案を気にする。

それなのに僕の心にひっかかっているのは緒都の双子の妹である瑚都。小学校も塾のクラスも違う僕は会話すらまともにしたことがない。

　二人の違いは僕にとっては歴然で、迷うこともない。ちょっとしたしぐさや、わずかに高低差のある声のトーン。話す時の身振りに手振り。すべてが違う。まわりの空気さえ一変させてしまう笑顔をぱっと咲かせるのはいつだって瑚都のほうだった。

　こんなに違うのになんでまわりの友だちはわからないのか、僕のほうがわからない。

　今日は、みんなで合格祈願もかねて初詣（はつもう）でに行くことになっている。

　校舎ビルから徒歩五分、遠方から初詣で客も来るような大きな神社があり、僕たちもそこに行くことに決めていた。

　駅に近い校舎を出るとすぐに川だ。いたるところに川が流れているこの辺りは、江戸時代に材木で栄えた地区らしい。各地から集められた木材を運ぶ運河が発達している。海も近い川の街、運河の街だ。

　ということは橋も多い。高い主塔から何本ものケーブルで吊り上げている近代的な巨人吊り橋から小さな川にかけられた手すりの低い橋まで、実に様々な橋が町を彩っている。

　たった五分の神社に向かうまでに僕たちは二つの橋を渡った。アンティークな造りの街灯の灯（あか）りが、揺れ動く川の水面（みなも）に柿色の煌（きら）めきを落としている。とてもきれいだ。

午後八時を過ぎてすっかり陽は落ちた後だったけれど、参道は初詣で客のために点(とも)された提灯(ちょうちん)でほのかに明るかった。両側にはびっしりと食べ物や、ヨーヨーといった遊戯の屋台が軒を連ね、テントから吊るされた裸電球がぬくもりのある光をにじませている。

参道は人であふれていた。腹ペコだった小学六年生八人は、お参りより先にたこ焼きやお好み焼きの屋台に散っていった。

「おーい。みんなはぐれるなよー。時期が時期なんだからはぐれたやつはおいて帰るぞー。帰ったとみなすからなー」

世話焼きリーダー気質のきむっちが隣で腕を振り上げ注意している。

「まあ近所だしはぐれても問題なく帰れるっしょ、な、城？」

「そうそう」

友だちの石倉(いしくら)の言葉を僕が受ける。ちなみに城とは幼少の頃からの僕のあだ名だ。添槇城太郎の城。

参道の混み具合はすれ違う人の肩と肩が触れ合うほどだ。違う屋台で買い食いし、ちょっと気を抜いたら簡単にはぐれてしまう。

おのおの買ってきたお好み焼きやたこ焼きを食べ終わり、みんなでなにげなくそれを確認し合って参殿のほうにぞろぞろと移動しはじめた。

習性で僕の視線は瑚都を追った。一番後ろにいた瑚都が、何かの屋台に気をひかれたのか、ひとりで反対方向に小走りしだした。

驚いた僕は慌てて瑚都の後を追った。僕以外は瑚都に気づいていないようだった。

「花辻」

「あ、添槙くん」

瑚都は反射で一瞬振り向いて僕の名を呼んだ。名前を呼ばれたのはこの時が初めてだったかもしれない。知ってたんだな、僕の名前、と胸の奥が熱くなった。

「どこ行くのさ、離れると迷子になるじゃん」

「うん、ありがとう」

瑚都はすでに背を向け、ケバブとヨーヨーの屋台の隙間を覗き込みながら微妙に見当はずれな返事をした。

「何見てんの？」

「鳩がいたんだよ。結婚式場とかで飛ばすような真っ白いやつ。脚、引きずってた」

「マジで？」

「うん。ここの隙間からあっち側にちょこちょこ歩いていったの。野生じゃないでしょ。あんまり汚れてないの。きっと迷子だと思う」

心ここにあらずの状態で、茂みを中腰で覗き込みながら移動するから、徐々に僕たちは友だちの集団から遠ざかる。

「はぐれるって、花辻」

「木村くんがはぐれたやつはおいて帰るって言ってたじゃない。おいて帰られたって家から十分だしね」

わりと奔放な性格なんだなと、新発見。得した気分になる。

「そりゃそうだけど」

「あとでラインしとくよ」

「きむっちのライン、知ってんの？」

この状況で、われながらそこは突っ込むところか？　と自問した。

「いや緒都に」

「ああ、そういうことね」

安堵している自分もどうかと思う。

前方じゃなく居並ぶ屋台の背後ばかりを気にしながら人混みを歩く瑚都はかなり危なっかしい。僕は瑚都の後をついて歩き、彼女が人にぶつかると、白い鳩とやらに気を取られて、気もそぞろな謝り方しかできない彼女に代わって丁寧に頭を下げた。

「いないなあ」

十分くらい経過してから瑚都は身体を起こし、腰のストレッチを始めた。その後参道の端まで行って少し戻り、そこから路地に入った。こっちのほうが、道は狭く人もまばら。屋台の数も軒並み減った。

「見間違いじゃないの？」

「ううん。絶対いたよ。身体が傾いてたから、脚だけじゃなくて翼も怪我(けが)してて飛べないんじゃないかな。あれじゃカラスにつかまっちゃうよ」

「そうかー……お？」

僕は伸び上がって、茂みの向こうの小道で木彫りの観音像か何かを売っている、ぜんぜん流行(はや)っていない屋台の向こう側を覗き込んで思わず静止した。

「え？」

「花辻、もしかしてあれじゃない？」

見つけられた興奮に、瑚都の肩を思わず連続で叩いてしまう。

「んっ？　どこ？」

瑚都は僕がつま先立ちに近いほど伸び上がっているのを見て、自分はぴょんっと大きく、跳びはねた。

「あそこあそこ。屋台のこっち側！　ちょっと遠くて見えづらいけど」

僕は指をさす。

暇そうな屋台の内側で、椅子に腰かけたおじいさんの膝の上に、白い鳩らしきものがうずくまっているように見える。売り子の人は別にいて、その人のかなり後方だ。

「んーたぶん、あのコだと思う。だけどこう遠くちゃ……」

瑚都はいったん路地を出て大きな通りに戻る。そこからもっと屋台の背後に近い細い路地に入ろうとする。この路地に人がぜんぜんいないおかげで、伸び上がれば屋台の背後が見えたのだ。なぜ人がいないかって、この路地の入り口に低いロープが張られているからだ。おそらくこの先は改修工事かなんかで立ち入り禁止だ。

「花辻！」

瑚都はためらいなくロープをまたいだ。

もう、どうなってんだ、この自由人。僕も仕方なく彼女に続いてロープをまたぐ。一応とがめられちゃ困ることは二人とも認識していて、中腰で息をひそめ、できるだけこっそりと僕の見つけた屋台に近づく。

さすが人を入れないことになっている改修前の場所だ。整備されていなくて、参道のようにきれいに掃き清められているわけじゃなかった。落ち葉は積もり積もって絨毯化し、踏めばふわふわ。救われるのは、この道にそって吊るされている提灯にもほのかに灯が入っていることだ。何も見えないほどの暗闇じゃない。

「花辻ってばよ」

「ねえ、ここに入れば茂みの真後ろで近いよ」

低いロープの張られた古い社がある。入っちゃいけない場所の中の、さらに入っちゃいけない場所だ。

瑚都は石でできた格子の囲い――玉垣というらしい――の社の中に、ロープをまたいでためらいもなく入っていった。中は落ち葉だらけだけど、その合間から生命力の強い雑草がちょこちょこと顔を覗かせている。

「いや、待てってって」

広いこの神社の敷地内には、摂末社と呼ばれる小さな社があちこちにある。ここもそのひとつで、比較的大きいものだと思う。古くなっているから改修や整備が必要だということだろう。今は朽ち果てているけれど、小ぶりながら拝殿も手水舎もある立派なお社だった。

拝殿の左側、賑やかな参道の方には大きな木が生い茂っている。ただでさえ頼りない提灯の光が枝にさえぎられて届かない。これだけの人混みからそう遠くはないのに、女の子ひとりで行くのに安全だとは思えない。エアポケットのような場所だった。

　僕も彼女に続いてロープをまたぎ神域に入った。

「暗くて見えにくーい。でもそうだぞうだ！　添槇くんやっぱあのコだよ」

「マジで？　よかったじゃん」

　瑚都も僕も中腰をやめ、伸び上がって茂みの向こう側を覗いた。屋台の裏側に腰かけているおじいさんを瑚都と僕で観察する。角度的に膝の上がはっきり確認できた。確かに白い鳩がうずくまっている。

　おじいさんの膝の上で顎の下をなでられ、気持ちよさそうにしている。どう見てもこのおじいさんが飼っている鳩だ。

「飼い主がいるならそれで安心なんだよ、うん」

「だよな。ってか時間……」

　時計を見ると軽く三十分は過ぎている。みんな拝殿でお参りし終えているんじゃないだろうか。

「ていうか、ここはどこ？」

　鳩のことしか考えていなかったらしい瑚都は、背伸びをやめてきょろきょろあたりを見回しはじめた。

「参道から大外れしてる立ち入り禁止区域内」

　路地をそれなりに進んだようで、まわりに鬱蒼と生い茂る木々も手伝い、参拝客の喧騒と灯りがはるか遠くに感じられた。

「そうか。みんなを探して落ち合うの、もう面倒くさいな。緒都に別々に帰るって連絡しちゃおう。いまさらで、悪いことしたな」

「そうだな。たぶんちょっとは探してくれただろうし」

　瑚都は携帯を取り出して、操作しはじめた。立ち入り禁止区域内の社にいることは瑚都的にスルー事項らしい。

　一連の動作が終わったあと、僕のほうを向いた。

「なんか、夢中で意識してなかったけど、添槇くんずっとついててくれたんだね。ありがとう。で、どうする？　添槇くんは木村くんたちのとこに戻るよね？」

「いや、いいかな。花辻、戻らないんでしょ？」

「うん。A組の人がメインだからわたしいなくても問題ないし。緒都にくっついてきたようなもんだから。木村くんもはぐれたやつはおいていくって言ってたもんね」

「みんな家近いからな。でもC組の人もいたよね？　一緒に帰らなくていいの？」

「よりちゃんのこと？　わたし、けっこう塾サボりがちなのね？　みんなとそれほど仲良くなれてないんだ。よりちゃんは、わたしより遠藤さんのほうが仲いいから心配ない。よりちゃんと遠藤さん、同じ小学校なの」

ラッキー！　と僕の頭の中では、拝殿前の鈴がこの幸運を祝してがらんがらん鳴っているようだった。

きむっちにもう戻らない、と連絡を入れてほしい、と瑚都に頼めなかった。携帯を持っていないのがかっこ悪い、瑚都は僕と一緒にいるのがみんなにわかるのは嫌かもしれない、二つの思いが頭をかすめる。きむっちごめん。

「古いけどここもきれいな拝殿だよね。お参りはここでもいいよね？」

「そうだな」

「でも囲いがかなり壊れちゃってるね」

拝殿の右側から裏手にかけて、玉垣を形成する石の柱が不自然にないのだ。割れ落ちているものも倒れているものもある。

「そうだな、だからここも立ち入り禁止なんだな」

瑚都はつつつと歩いて小さな手水舎まで行き、手や口をすすいでいる。なにかやり方というか作法があるんだと思うけど、ぜんぜんわからない。瑚都は知っているのか迷いなく流れるように動いている。

「すごいな。こういう作法知ってるんだ」

「適当だよ。家族で初詣でに来るからお母さんに教えられるの。でもすぐ忘れちゃう。数年に一度くらいだもん」

「そうなんだ」

　エリちゃんじゃこれはぜんぜんわからない、と実母の顔を思い出す。

「一緒にお参りしようよ」

「うん」

　僕たち二人は誰もいない改修予定らしい拝殿で、賽銭箱(さいせんばこ)に小銭を入れ、神妙に手を合わせた。受験が目前だ。祈ることはたったひとつだと思う。それなのに僕が顔を上げてからも、瑚都は長いことときっちり手を合わせたまま首(こうべ)を垂れていた。夕闇の中、提灯とかすかな月明かりに浮かぶ真剣な横顔が、ひどく尊(とうと)いものに感じる。

「あ……あそこ、座りやすそうじゃない？」

　長い祈りからようやく顔を上げた瑚都は、まだぼうっとしていたから、僕から声をかけて玉垣の一角をさした。大きな木の根元だ。玉垣の台座に木の根が絡(から)まり、人が二人座るのにちょうどいい形になっている。

　瑚都ははっと気がついたようにこっちを見た。

　拝殿の左側の隅に植えられた木が枝を広げ、その下はほのかな灯りさえさえぎるような暗がりだった。きっと見つかりにくい。

「そうだね」

　拍子抜け(ひょうしぬ)するくらいあっさりと瑚都はそこに腰かけた。その流れで僕も自然とその横に腰を下ろすことができた。低い台座に絡まる木の根が作り出す天然のベンチに二人並ぶと、横に置いた手と手が触れるくらいの近さだった。

　この小さな神域に二人っきり。立ち入り禁止区域内。当然入っちゃダメな場所だとわかっているのに、玉垣の外に出たくないという気持ちがむくむくと育つ。心臓だけ熱っぽくなるような妙な感覚に、すっかり飲み込まれて戸惑(とまど)いまくる。

　確かに気になる子ではあった。かわいいとも思っていた。だけどろくに会話もしたことがない女の子だ。

　自分がごくりと唾(つば)を飲み下したことに、あとで気づく。

「こういうの、なんだか雰囲気があるね。いかにも神社って感じ」

　瑚都の興味は僕には一ミリも向いていない。ゆえに緊張の欠片(かけら)もなかった。それが逆に僕を落ち着かせ、会話が自然に流れだす。

「ん？　どれのこと」

瑚都が首をひねって後ろの玉垣を見ていた。

「この柱に彫ってある赤い字」

　玉垣を形成する太い石の柱の一本一本に人の名前が彫ってある。提灯や遠くの屋台から漏れ出る灯りに、ほんのりと赤い文字が浮かんでいる。

「こっちの人は杉山美織でこっちの人は杉山伊織だって」

「何かを寄進した人の名前を彫ってるんだろうな、この二人知ってるよ。近所の金持ちのばあさん。この歳にしちゃハイカラな名前だな」

「双子かな。この二人」

「そうだよ」

「やっぱりね」

「花辻んとこも瑚都と緒都って、一字違いなんだろ？　同じ音には同じ漢字を当ててるんだろ？」

「そう。どうして親って双子に似た名前をつけたがるのかな。この伊織さんと美織さんだって一目で双子だって、ぜんぜん知らない人たちに知られちゃうんだよ。赤の他人にそんな情報知られて嬉しいかなあ」

「そうか、まあ、うん、なるほど。言われてみれば、そういう考え方もあるのか」

食い気味にまくしたてられて面食らった。そんなことふだん意識したこともなくて、的確に答えるのは双子の兄弟がいない自分には、いささか難しかった。

緒都とあれだけ仲がよくて分身のように見える瑚都の口から、そんな疑問が出るのが不可解だった。まるで似た名前にしないでほしかった、と拗ねているように聞こえなくもない。

「花辻……瑚都ちゃんは嫌なの？　緒都ちゃんと名前が似てるの。すごい仲いいじゃん。はたから見てて羨ましいくらいだよ。俺、一人っ子だから」

「仲いいよ。緒都がいない生活とか人生って考えられないくらいの、まさしく『もう一人の自分』って感じ……ではあるんだけどさ」

そこで瑚都は言葉を詰まらせた。小首をかしげ、肩をすくめる。闇ににじむ消え入りそうな提灯の灯りだけに浮かび上がる横顔は端整だ。でもどこか寂しそう。

「あるんだけど？」

「やっぱいいや」

「いや、言えよ。言いかけでやめると願い事って叶わないの知ってた？」

「はい？」

「しかもここ神域だよ。神様見てるよ。さっき、第一志望の中学受かりますように、って神様にお願いしたよな？　それ、叶わない」

「えー、そんな縁起でもない嘘つかないでよ。こんなデリケートな時期に」

「だってさ、言いかけたってことは、言いたいってことなんだよ。誰かに聞いてほしい、ってことなんだよ。俺、黙ってろって言われると口が消滅する特異体質の持ち主だから大丈夫」

瑚都はぷーっと噴き出した。座っている木の根元を、大きなアクションで叩きながら笑いころげる。簡単に笑いが取れすぎて、男子にしたらすごくありがたい。

「なにそれっ」

「めっちゃ口が固いの」

「そうか。別にそんな、人に内緒にするとかしないとかの、たいそうな……悩みでもない」

「悩み？」

「あー、えと、いや。うーん。悩みってほどでも……。なんだろ、わたし語彙力ないな。だから国語の成績が安定しないんだ。こういう気持ちって一言でどう表現すればいいんだろ」

悩み、ととっさに口にした。瑚都は緒都と双子だということに、悩んでいる？

「罵詈雑言になっちゃったとしても、吐き出せば楽になる」

「罵詈雑言……あれ？　なんだっけこの四字熟語」
「口汚くののしる、ってこと」
　瑚都は脱力したようにうつむき、大きなため息をついた。
「そうだった、正月特訓の間にやったのに。頭いいよね添槇くん。さすが四字熟語完璧！
緒都とたった二人、地区の特待生だもんね」
「地区で二人だったのか。校舎で二人かと思ってた」
「考えてもみてよ、添槇くん。双子でこれだけ顔も体型も、名前までそっくりなのに。あ、
瑚都とか緒都って字だけど、音が同じト、ってとこ、ミヤコって同じ字を使ってるんだよ
ね。ほらこの人たちと同じように、他の一文字は響きも漢字も違うけど」
　瑚都は塾指定のリュックを背負ったままくるりと軽快な動作で振り向いて、赤い字が彫
り込まれた格子をなでた。そこには変わらず杉山美織と杉山伊織の名前を彫った二本の石
柱が、囲いの一部として仲良く並んでいる。
「そりゃ、そっくりは確かにそっくりだけど」
　瑚都しかかわいいと思わないこの神秘。
「仲もいいよ？　緒都のこと世界中で一番好きなのは事実。だけど能力に差がありすぎて
苦しくなる」

「能力?」

「緒都はA組。しかも地区に二人しかいない特待生。でもってわたしはC組。塾も学校も休みがちで、親にも先生たちにもあきれられてる。休みがちなんだから人より時間はあるはずなのに、勉強はできないの」

「そんなこと思ってたの?」

なんの不自由もなさそうなこの双子の片割れが、そういうことで悩んでいたのか。全国展開しているうちの塾は、確かに能力別のクラス編成だ。小深川校舎の小学六年生は今、A、B、C、Dと四クラスあって、瑚都の属するC組は上から三番目の標準クラス。

「あー、なんでこんな話、したんだろ。神様に聞いてほしかったのかな」

「花辻、こないだのクラス分けテストの日、休んだだろ?　予備日も休んでない?」

瑚都と同じクラスになりたかった。全国模試の張り出しで、瑚都は国語でたまに名前が載る。だからそんなに成績が悪いとも思えなかったんだけど、他の教科がすごくできないってことだろうか?　いや、この間のテストの日も予備日も、緒都は遠藤たちと帰っている。瑚都がA組に呼びに来ていない。もしかしたら、テスト自体受けられていないんじゃないだろうか。

「あれ。なんで気がついたの?　テスト、受けられないことも多い」

「どっか悪いの？　身体が弱いとか」

「別に。テストだって思うと気が滅入って行きたくなくなるだけ」

「そうなんだ」

「ね？　優等生の添槇くんにはこんな気持ちわかんないでしょ？　それで双子の姉の方はA組の特待生なんだよ？　見分けがつかないくらい外見は似てるのに、能力はぜんぜん違うの。わたし、親に心配ばっかりかけてるの」

「そっか。でも花辻はちゃんと親に心配をかけてる、って自覚があるじゃん」

自分の親のしょうもない顔を思い浮かべながら答えた。

「わたし、生まれないほうがよかったんじゃないかな」

「……」

雷が脊髄を貫いたような衝撃が駆け抜けた。

それでも、何か言わなくちゃ、と思考が働きはじめたのはわりと早かった。それに言葉がついていかず、僕は口をぱくぱくさせるだけだった。

「こんなに似てる人間が二人いる必要ってあるのかな？　ひとりでよくない？　わたし、いらなくない？」

「い、いや、そんなこと、あるわけ、ないじゃん」

声が震えていた。ここは生まれてから一番、説得力のある声を出さなきゃいけないところだ。なのに僕の声は、生まれてから一番小さい。

〝生まれてこなければよかった〟

これは絶対に言っちゃいけないんだ、思っちゃいけないんだ、と心の深い部分で感じている言葉。無意識に遠ざけて、蓋をして封印して、でも身体の芯にこびりついて離れない。

その言葉を、この子はどうしてこんなに簡単に、まるで雑談時の言葉のキャッチボールみたいにポーンと放り投げてよこせるんだろう。僕もそうしてみれば、心は軽くなるんだろうか。

「ごめんね添槇くん。わたし今日かなり変だよね。添槇くんみたいな才能に恵まれた子にこんな話しても、困るだけなのにホントどうかしてる」

「そんなことない」

「一応言っとく、誤解しないでね。こんな話、緒都にも、もちろん親にも友だちにも一回もしたことないからね？　たぶん今日は勉強のし過ぎで頭がどうにかなってるの。この、人の世と別の世の境界みたいな場所のせいかもしれない」

瑚都は早口で一気にまくし立てた。

瑚都の告白が本当なら、重すぎる言葉を、簡単に解き放ったわけじゃないんだろうか。

「いや、言えって言ったの、俺だし」

「引かないでよね。今日こんなに楽しかったのにそれはちょっと悲しいから」

「引いてないよ。たぶんそれって、誰でも一度くらい考えることだったりするんじゃないの？」

「じゃ添槇くんは考えたことがあるの？」

「……」

数秒の沈黙の後、瑚都はおもむろに立ち上がろうとした。

「わたし喉渇(のどかわ)いちゃった。なんか買ってくる」

「俺もっ」

瑚都の手首と肘の真ん中あたりを思わず強く握って引き戻していた。腰を浮かしかけていた瑚都は、僕の力によってもと通りにすとんと腰を落とした。

「え……？」

「俺もあるよ。考えたこと」

「そうか。うん、ありがと」

瑚都は、ぜんぜん信じていないことがまるわかりの、感謝に近い笑顔を向けてきた。自分を慮(おもんぱか)っての言葉だと解釈したんだろう。

「ほんとにあるの！　考えたこと！　だけど俺には言えなかった。俺は今まで言えなかった。言っちゃいけないと……硬く封印してた」

瑚都は僕の剣幕に仰天(ぎょうてん)したように目を見開いた。それからしばらくしてささやくような小声で呟いた。

「どうして、添槇くんが？」

「…………」

瑚都は僕がきつく唇を引き結んだことで、話したくないことなんだと察してくれた。それ以上は聞かずに自分の話に戻してくれた。

「わたしだって言ったのは初めてなんだよ。ほんとだよ」

「認めると楽なんだな。身体から出しちゃうとさ」

「そうだね」

そこから二人、どちらも言葉を発しなかった。でも気まずい沈黙からはほど遠い空気だ。少なくとも僕には。不思議だ。この玉垣の中に来た時は緊張しまくっていたのに、今は沈黙が心地いい。瑚都がさっき口にした〝人の世と別の世の境界みたいな場所〟って言葉が腑(ふ)に落ちる。二人とも不都合なことは全部、この朽ち果て崩れかけた摂末社の霊験(れいげん)だと思うことにできる。

「わあっ！　ねえ見て見て！」

　ふっと顔を上げた瑚都が僕のモッズコートの肩のあたりを掴み、けっこうな力でぐんぐんぐんぐんと引っ張った。

「なに？」

「空！」

「え？」

　僕は空を見上げた。澄みきった、輝くような夜空だった。

　ここは立ち入り禁止区域内のかなり奥のほうで、屋台の放つ灯りの連なりからほど遠い。一斉に点灯する仕組みになっているのか、一応玉垣の前の路地の上にも提灯はある。いくつも球が切れているのを放置されているらしく、ついているものといないものがあって互いの顔を認識し合うのがやっとの明るさだった。

　そのせいか星がくっきり見える。見えると言っても明るい一等星だけだろうが。

「オリオン座だ！」

　空を見上げる瑚都の澄んだ瞳を見て、視界一面が空ならロマンチックだろうな、なんて考えが浮かんだ。

　僕はモッズコートを脱いだ。袖(そで)の裏側の部分は両方とも破れ、縫い合わせているけど、この暗闇ならそれは見えない。モッズコートを落ち葉の積もった地面にできるだけ広げて置く。ジャストより大きいサイズを買っているから、ちょっとしたシートみたい。

「この上に寝っ転がったら視界一面が空になるよ。理科の星座分野、復習しようぜ」

「ええー？」

瑚都の戸惑いの声にかまわず僕は広げたモッズコートの隣に仰向けに寝てみた。本当に視界が空だけになった。

「めっちゃ気持ちいいー」

「いいの？　このコートわたしのため？」

「そう。女の子に優しく、は添槇家の家訓」

「ありがとう、じゃ遠慮なく」

瑚都は素直にモッズコートの上に、僕と同じように仰向けに寝た。

「星ってこんな都会でもわりと見えるもんなんだな」

「そう？　きれいだけどほんのちょっとじゃない？」

「そうなの？」

「うん。お母さんの実家がイギリスの、スコットランド地方の田舎（いなか）のほうでさ。小さい時行ったことあるけど、もう星が降り注ぐような空だったよ。ああいうのが満天の星っていうんだな、って思った」

「えっ！　花辻ってハーフなの？」

「ううん。クォーターってやつ？　お母さんが日本人とイギリス人のハーフ。お母さんが育ったのはイギリスだけど」

「へえ」

「今はその話はいいよ。わたしね、星座けっこう得意かも。星好きだよ？」

「俺も星好きとか考えたことはないけど、星座問題は得意だよ」

「じゃ勝負！　冬の大三角、どっちが早く見つけられるか！」

「あれがオリオンのベテルギウスだろー？」

「あっちがシリウスじゃない？」

僕と瑚都は夜空を指さしながらあれこれと語り合った。もうどっちも生まれてこなければよかった云々（うんぬん）は口にしなかった。

視界一面が輝く夜空で、感じるのは瑚都のぬくもりと声でダントツに近い。二人っきりで、ぽっかり夜空に浮かんでいるような錯覚さえ覚える。木の葉が風に揺らぐ音。時おり響く鳥の声。遠くから聞こえる初詣客の喧騒。

時間の感覚さえ曖昧（あいまい）になる。心がすべての呪縛から解放されたように、とてつもなく楽しかった。玉垣の中だけ時間が固まってしまえ、と強く願う。なんだかこの結界のような空間なら、それは可能なんじゃないかとさえ思えてくる。

でも実際、そんなことはあるわけないのだ。

僕は何かの景品でもらった腕時計を確認した。午後九時をちょっとまわったところだった。

女の子の親のほうが男の場合より、心配の度合いが強いのは知っている。

「花辻、もう帰らなくちゃダメじゃない？　九時過ぎてる」

僕は上半身を起こした。

「もうそんな時間？」

瑚都も起き上がり、リュックの中から携帯を出して時刻を確認する。

「な？　俺は男だしわりと自由な家だからなんも言われないけど、花辻はやばいだろ？」

「えー。友だちとこんなに話し込むのってめちゃくちゃ久しぶりなんだ。楽しくって。もうちょっとよくない？」

「だけど親に怒られるだろ？　こんな時期だし風邪(かぜ)でもひいたら」

「あと一時間！」

瑚都はくるりとコミカルな動作で僕のほうを向き、懇願(こんがん)の表情を作りながら唇の前で指を一本立ててみせた。さらさらの髪が真冬の凍ついた風にふうわりと舞い、立てた指にやわらかく絡む。

名前を知らない感情がさざ波のように静かに押し寄せ、僕を目覚めさせていく。今まで感じたことのない感覚に胸が絞られるように痛くなる。この現象はなんだろう。

わかっている。誤解はしない。瑚都だってはっきり、久しぶりで楽しい、と言った。相手が僕だからじゃなく、久しぶりだから楽しいのだ。

わかってはいるが、僕にとって瑚都の口にした『楽しくって』の威力は絶大で、それを制してまで帰ろうと訴える力はなかった。

受験直前の真冬。一月の午後九時過ぎ。気温はもしかしたら零度に近い。それでも僕たちは落ち葉とモッズコートの上に再びひっくり返り、話を始めた。僕はモッズコートをみのむしみたいに瑚都に巻きつけた。わざわざサイズの大きいモッズコートを買っているのが、こんな形で役に立つとは思わなかった。

瑚都にありのままの自分を知ってほしい、と願う気持ちが強い。

将来は安定した仕事につき、好きな子と結婚して普通の家庭を作り、奥さんにはやりたいことをしてもらい、自分の子はきちんと、でもめちゃくちゃ甘やかして育てたい。そんな小学生とは思えない夢のない夢も瑚都にならば打ち明けられた。

すき焼きを知らなくて、修学旅行で出た時は、置いてある卵をカーンと気持ちよく割り、卵かけご飯を作って食べてまわりの友だちを無言にさせたことも。カルビ丼とはポテトチップスがかかっている飯だと思っていたことも。ゲーム大好き、将来は自分がそれを作る仕事がしたい、も。母親と仲良しも。地元の野球チームに入ってみたかったことも。

瑚都にならなんでも話せた。

瑚都は僕の話を、こっちが照れるほど目を見て真剣に聞いてくれる。

話が途切れると、今度は瑚都が熱っぽく語りだした。

学力的にすごく厳しいけど、明律学院付属中学に行きたい。蔦の絡まっている礼拝堂があって、古い絵本の中の世界みたいで憧れている、と。

緒都とどれほど仲がいいか。親戚の人が集まると必ずそっくりな格好で現れ、わざと間違えさせてはむくれるふりをして遊んでいた。自分の一番の理解者は緒都。でもできすぎたところが苦しいと、言外に本音も覗く。

僕はたとえようもないほどの幸せで満たされていた。未来が、用意された当たり前の色から、一気に明るい、えもいわれぬそれに塗り替えられたような気さえしていたのだ。

どれくらいたってからか、ロープが張ってあって誰も入ってこないはずの路地に、落ち葉を踏みしめる音が聞こえた。

「誰か来るみたい」

「警備？　社の中までは見ないかもよ。じっとしてよ？」

「うん」

声をひそめて示し合わせた後、瑚都と僕は人形のように固まって微動だにせずにいた。

なのに。

あろうことか瑚都の携帯が鳴りだしはじめた。

「やばい！　きっと親だ」

瑚都は携帯の入っているリュックを漁（あさ）ってその音をどうにかしようとする。

「誰だ！　そこにいるのは！　……あっ」

「花辻っ」

僕は起きて立ち上がり、そのまま瑚都の手を取って引っ張り上げた。反対の手で敷いてあるモッズコートと塾のリュックを鷲摑（わしづか）みにする。

「逃げるぞ！」

「うん！」

瑚都の動きも迷いがない。きっと自分のリュックも摑んでいる。

「おい！　こら待て！」

神官の装束を着た、神社関係者だ。

ころげる勢いで拝殿の裏手にまわる。ここも石の柱がほとんどないか、崩れ落ちていた。瑚都の手を引いて茂みの獣道に突っ込む。茂みをかき分けてやっと進めるくらいの、まさに人には見えない獣道。肩よりだいぶ低い程度の茂みだったけど、姿をかくすために中腰で進むと、手でかばっても顔や身体に容赦なくとがった硬い葉が当たる。

瑚都としっかり手をつないで、緑の匂いの濃い、道とは呼べない道を突っ走った。

「やったぜ」

「よかったぁー」

茂みをかき分けると、すでに片付けがすんでいる屋台の裏側に出た。瑚都が心配した白い鳩もそれを抱いていたおじいさんももういない。そこから屋台と屋台の間をすり抜けて大きな道にたどりつく。

子供だからこの茂みが通れたのか、さっきの人は追ってこない。

「よかったな。人にまぎれてこのまま帰ろう」

もうかなり遅い時間で、屋台はほとんどが畳まれていたけれど、神社のまわりの人通りはまだ絶えていなかった。酔っぱらった大人や、素行がよろしくなさそうな若い兄ちゃんたちが騒いでいる。

でも僕たちのような小学生は皆無だ。補導でもされたら目も当てられない。僕はここでも瑚都の手を引いて参道を突っ走った。ひしめき合うような人混みはもうなかったから。まっすぐ走ればいいだけだった。

参道から大通りに出て、そこから街灯だけの路地に入る。そこでやっと瑚都の手を離した。

「ごめん」

「なにが?」

「えっと、勝手に手ぇつないじゃったから」

「責任とってよね!　これ、わたしのファースト手つなぎだよ?」

「責任って、どうとるの?　ちなみに俺もファースト手つなぎだけど、それの責任の所在はどこに?」

そこで瑚都は白い歯を見せ、ははははと大きな声を出して笑った。誰もいない夜道にそれが気持ちよく響いた。

「じゃ、おあいこだね。添槇くんありがとう」

「うん、それって、何に対してのお礼?」

「添槇くんがいなかったら、あの時手を引っ張って逃げてくれなかったら、どうなってたかわかんないよね？　だからありがとう」

「そっか。そう言ってくれると嬉しい」

「うん」

「てか、ぶっちゃけ楽しかった」

「うん、めっちゃめちゃ楽しかった。なんかアニメ映画の主人公になった気分だったよ」

「な！」

　瑚都が笑ってくれた。俺も声を出して笑った。

　瑚都といると心が弾(はず)んだ。わくわくした。なんでもできそうな気がした。まったく違う未来の扉が僕の前に突如(とつじょ)現れたような気がした。

　瑚都は家からの電話に折り返しの連絡を入れていたけど、がっつり怒られているようだった。親が迎えに来るのかな、と思ったけどそれはないらしい。

　胸が痛くなった。小説なんかに出てくる「胸が痛くなる」なんて、表現の一種で、気持ちの変化が人間の身体に影響を及ぼすわけがないと思っていた。でも本当に痛くなるんだと初めて知った。

　薄い黄色の月と街灯だけがたよりの夜道が、瑚都の家までまっすぐ伸びている。永遠に終わらないでくれ、とただそれだけを願った。

気になる子、だった瑚都は、この数時間で好きな子……大好きな子に変化していたから。もうすぐ受験が始まる。塾も終わる。そうすれば小学校の違う僕と瑚都はもしかしたら永遠に会えないかもしれない。

でもここまで仲良くなったんだから、別れる前に連絡先くらいは交換できるよな。受験が終わると合格祝賀パーティーっていうのがあって、その時にみんな、連絡先を交換したりするらしい。

僕はみんなと違ってスマホも携帯も持っていない。中学に入っても持たない。だけど電話番号だけでも、教えてもらえるかな。聞いてもおかしくないくらいの関係性にはなれたよな。

クラスは違えど、同じ塾に明日からまた毎日通うのに、別れが耐え難いほど辛かった。

こんな自分を僕は知らない。

君が好き。こんな時期に口にするバカはいないし、瑚都にとって僕は数時間一緒にいただけの存在だ。そんなことを言ったらこいつ変だ、頭おかしい、危ないやつだ、と思われるのがおちだろう。

僕たちは受験まで一カ月を切っている、しかもまだ小学生。

言えるわけがない。言えない「好き」という言葉を無理やり飲み込むことが、こんなにも辛いとは知らなかった。考えたことすらなかった。

受験が終わったら言おう。自分の胸のうちでその言葉が膨らみ過ぎて、僕はきっと留めておくことができない。

だけど大丈夫。

その日を目標に最後まで頑張れる。だって明日からもまた毎日同じ校舎で勉強するんだから。今度は廊下で会った時や瑚都が緒都を迎えに教室に入ってきた時に、話をすることができるから。

だから大丈夫。

今は瑚都の親に遅くなったことを一緒に謝る言い訳を考えよう。都合のいいことに僕は緒都と同じ特待生。だから勉強を教えていたら夢中になりすぎて時間を忘れたことにしよう、と瑚都に提案してみた。でも瑚都は僕が彼女の親に会うことをかたくなに拒否した。

瑚都の家が見えるかどうかのところで僕は強引に帰された。男子と一緒に帰るのは問題なのかもしれない。家族が絡むことだから瑚都の意見を尊重するしかできなかった。塾のリュックを背負った小さい背中を見送る。

君が好き。瑚都に明日、あの校舎で会うその瞬間に向けて、僕の時計はすでにカウントダウンを始めた。

なのに、初詣のあの夜を境に、僕が瑚都の姿を見ることはなかった。

翌日から瑚都は塾に姿を見せなくなってしまったのだ。緒都も、僕に対してあきらかにそっけなくなった。日を追うごとに僕は受験勉強に身が入らなくなっていった。

このままじゃダメだ、と自分に活を入れ、意を決して緒都に、なぜ瑚都が塾に来ないのかを問いただした。緒都は僕の顔を見ずに、関係ないでしょ、と冷めた声音で呟いただけだった。

追い詰められた僕は、信頼を寄せる塾の先生にも同じことを聞いてみた。先生は、人には人の事情がある。お前にもこの受験を失敗することが許されない、人より複雑な事情があるだろう、と僕を諭(さと)した。

そうだった。僕には、絶対に受験を失敗できない事情がある。狙うのは安全圏の一校だけで、特待生の僕は塾のためにも自分のためにも、この都立中学を落ちることは絶対に許されない。瑚都の面影(おもかげ)を心のひだにねじ込むようにして封印する。

そして受験は終了し、僕は予定通り、共学の難関である都立中高一貫校に合格した。

緒都も最難関の私立女子校に合格した。

合格祝賀パーティーを瑚都ばかりか緒都も欠席していた。そのパーティーの後で緒都の友だちから僕は話を聞いた。合格後の浮かれムードと、もう二度と会わないだろうメンバーだという気楽さが、彼女たちの口を軽くしたんだろう。

瑚都はみんなで初詣に行った翌日から体調を崩し、寝込むようになった。受験はできなかったそうだ。だから瑚都は地元の中学に進学するしかない。

もともと重い小児喘息（ぜんそく）があり、学校は休みがちだった。体育も見学することが多く、そこからいじめに発展してしまっていた。

瑚都は彼女たちが通う汐波（しおなみ）小で、仲良くしてくれる子がクラスの違う緒都しかいなかった。だから受験をし、校区の違う中学に行きたかったのだ。

瑚都があの日口にしていた、

〝友だちとこんなに話し込むのって久しぶりなの。楽しくって〟の言葉。

あれは受験だから友だちと話し込むことがなかった、という意味ではなかったのだ。いつからか、瑚都は友だちと話し込むことはなくなっていた。だからそういう生活を夢見て地元中学とは違うところに進学したかったのだろう。

しかしあの日、僕と遅くまで話し込んだせいで体調を崩し、受験自体をすることができなかった。

寒い夜だった。もっと配慮するべきだった。久しぶりの友だちとの会話に頰を上気させて目を輝かせる瑚都の〝楽しい〟なんて言葉に引きずられることなく、受験生らしくさっさと引き上げていればよかったものを。実際他の連中はみんなそうしたんだから。

僕が冷静な判断力を欠いていたせいで、瑚都は受験ができなかった。しょっちゅう喘息の発作を起こす中、明るい中学生活を思い描いて受験勉強にはげんできたはずなのに。

苦い後悔が胃の腑を焼いた。

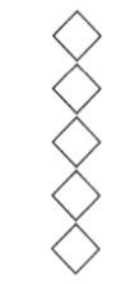

季節は何度もめぐり、僕が入学した中高一貫校の卒業が間近に迫っている。
家が近所の僕たちは、瑚都が高校に上がった頃から何度か駅で遭遇するようになった。
あの頃もかわいかったけれど、高校生になった瑚都は、僕が知っている女子の中で一番きれいな子になっていた。せっかくの偶然にも眩しすぎて瑚都を直視できない。
瑚都と緒都、二人でいるところを何度か見たことがあるけれど相変わらずそっくりだった。そして僕は相変わらず、二人をまごうことなく見分けることができる。瑚都と、瑚都じゃない方。それが小学生時代から変わらない見分け方の定義だ。

声が届く距離に瑚都がいたこともある。だけど僕はどうしても彼女に声をかけることができなかった。何かの拍子に目が合いそうになるだけで、不自然な速さで顔をそむけてしまう。

思い出してしまうのだ。僕のせいで瑚都は中学受験ができなかった。当の僕は予定通りに受験をし、希望していた中高一貫校に通うことができたというのに、瑚都は切望していた地元外の中学への進学が断たれた。地元の中学に進んだ瑚都は、充実した中学時代を過ごすことができたんだろうか。

そもそも瑚都は僕を覚えているかどうかわからない。たった一度、誰とも親しく話せない時期に、鬱憤ばらしに会話をした、学校も塾のクラスも違う男子生徒。自分の生活圏にいない生徒だ。僕は中学から身長が伸びはじめ、瑚都と駅ですれ違うようになった高校時代には、小六の時より三十センチ近く背が高くなっていた。容姿も変わったと思う。

瑚都もさすがにあの夜のことは覚えているだろう。適切な行動がとれず、自分を受験できない状態にした男子が同じ塾にいたことを。だけどそれが誰なのかはもうわからないだろうし、興味もないと思う。

だけど僕はあれから、もしかしたらひとときも忘れることがなかったのかもしれない。

あの夜の瑚都の楽しそうな横顔を。あの夜とひきかえに彼女が失った未来に続く希望の扉のことを。その原因を作ったのが僕自身であるということを。

そして彼女の口から放たれた思いもよらない一言。

〝生まれてこなければよかった〟

あの言葉がいつまでも、いつまでもいつまでも、僕を縛る呪いのように鼓膜に残っている。


僕は僕を、許せない。

1

「シーザー、ラップを使うんじゃないって何度言ったらわかるんだ。横着しないで蓋つき容器に移せ」

開校記念日で小学校が休みのシーザーが、昼飯に僕の作った焼きそばを食べ、残りにそのままラップかけて冷蔵庫に入れようとした。

「だってジョー、エリーはしょっちゅう使ってるのにー、不公平――」

「何をぬかしてんだ。エリーはあれでも一応うちの大黒柱だ！　夜遅く帰ってくるとヘロヘロなんだよ。それにあいつはラップをベリッと勢いよく切るのが、ストレス解消の一種なんだ」

「えー！」

「それでもな、エリーだってこんなラップの使い方はしねえぞ。ラップの分量は器の直径プラス一センチが限度だ。両側きっちり五ミリ以下」

「…………」

狭い台所の調理台の前で、八歳の小学二年生、シーザーの頭をぱっかんと叩いて睨みつける。添槇家の住人の会話を聞くと、ほとんどの人が二度見をし、眉根を寄せる。三人とも流暢な日本語を話す上、外国人の容姿からはほど遠い完璧なる日本人顔、日本人体型だからだ。実際、みんな生粋の日本人。

しかし名前が……。ジョーとは自分、添槇城太郎十八歳のことであり、これは物心ついた頃からの内外共通の呼び名だ。城太郎、は長いので単に短くなってジョー。この顔でこの響き……ってツッコミはさておき、呼び名の成り立ちとしてはごく自然なものだろう。

問題はこの小生意気な小学生、シーザーだ。こっちは正真正銘の本名で、フルネームを高橋シーザーという。漢字では祭に財に愛。祭財愛。キラキラネーム大全開。

「二人ともおはよー。エリーも起きたよ！　うー。まだめちゃ眠い。ロゼダイやりすぎた」

「いい加減にしとけよ。もう昼近いぞ。今日出かけるんだろ？　計画的に寝ないと」

「ちょっとのつもりだったんだよぉ。それが気がついたら三時間もたってて」

〝ロゼダイ〟というのは〝ロゼッタダイヤモンド〟の略で、エリーがハマっている並行世界を行ったり来たりするRPGだ。

2Kアパートの一室の、建てつけの悪いすりガラスの引き戸を開けながら　母、添槇恵理子三十五歳、通称エリーがナイキの上下のジャージを着て目をこすっている。

僕が小学六年の修学旅行の時、エリーが衝動買いした我が家唯一のブランド品だ。僕は中二までがんばって着ていたが、残念ながらそこでサイズアウトした。

シーザーが二年前、このボロアパートに連れてこられることが事前にわかっていたら、エリーのパジャマにならず、彼の身長が追いつくまで大事に保管されていたことだろう。

「エリー、ジョーがラップの使い方くらいで俺の頭叩いたー」

すかさす、なんだかんだで甘いエリーにシーザーは泣きつく。

「あー。しーくん、ラップはねぇ、なるべく使わないでぇ。使う時は器の直径プラス一センチが限度。両側は五ミリ以下ね」

「…………」

「ほらな。いいかげんこの家のルールに慣れろシーザー。すべて家族の将来のためなんだ。俺とお前が安定した職業に就くために、どうしても倹約は必要なんだ」

「もう。どうしてジョーはそんなに安定が大好きなんだろ。愛読書が家計簿の男なんてモテねえよ」

お前だってこの特異な家庭を見ていれば、安定とか普通って言葉に激しく憧れるものだと思うんだけどな。

「一に安定二に普通、途中がなくて……えーと百に夢。それが添槙家の標語なんだよ、城くんが決めたの。しっかりしてるでしょー城くんって。城くんはエリーの自信作なんだよ。育ってみたら自信作だったのぉ」

寝起きのエリーはシーザーに諭すと何がおかしいのかケラケラ笑いはじめた。

「今のままで安定してるじゃん。エリーとジョーと三人でゲームするのめっちゃ楽しいし、俺ぜんぜん満足」

シーザーのそんな言葉を聞くと胸が締めつけられる。小二のシーザーは携帯やスマホを持っていないのはもちろん、携帯用ゲーム機だって僕のお古だ。古すぎて友だちと通信もできない。

サッカーボールにいたっては公園に放置されていたやつを、苦労して穴をふさいで空気を入れ直し、どうにかこうにかごまかしながら使っている。

テレビにつないだ家庭用ゲーム機だけは、エリーの店のママさんの払い下げで、最新とはいかなくてもそこそこ新しい。機械はあっても友だちがやっているような最新ソフトとは無縁の生活。

それでも満足、と言いきってしまうのは、以前どんな生活をしていたんだか想像に難く、衝動的にシーザーを抱きしめたくなる。だからこそ、将来は安定した普通の幸せを、絶対に摑むんだシーザー。僕もお前もな。そしてエリーにも楽をさせたい。

　将来の希望は上級公務員かメガバンク。そこに食い込めば、シーザーが高校を卒業してからどんな進路を選ぼうとどうにか対処できるはずだ。私立の理系大学でも専門学校でも、なんなら留学でも、任せておけ、と言ってやりたい。ただ、こういう生活から抜け出してほしいから、冒険だけはしてくれるなよ、と願う。

　僕が小学生の頃に憧れていたゲーム制作は、安定のそのまた安定を目指す観点から断念だな。

　今日はその将来安定のための第一歩。その宣告の時間は刻々と迫り……。

　そこで僕ははたと気づき、横で壁に寄りかかって大あくびをしているエリーに視線を移した。

「エリー、時間大丈夫なのか？　今日友だちの誰だかとランチ……いや店、その後あったっけ？」

「やーだ。お店はエリー、今日はお休みだよ。でももう用意しなくちゃー。今日、まこちんとコメダでランチしてから美容院行くの。あ、ちゃんとお小遣いの範囲に収めるから大丈夫だよ」

「そうだった、な」

「城くんが家族情報を忘れるの珍しいね。いつもエリーとしーくんの予定は完璧頭に入ってる添槇家のマネージャー兼主夫なのに」

「失礼だな」

「もうすぐ大学生だからうっきうきなんじゃなーい？　これで大好きなゲームのプラモデルもいくらでもできるもんねえ」

「プログラミングだよ」

「どっちでも遊びにはかわんないよぉ。城くんの受験が終わってエリーも嬉しいよ。やっぱちょっとピリピリしてたもん。ねー、しーくん」

「そうだよー」

「そ、そうか」

表に出さないようにしていたのに見抜かれていたのか。こんなにふにゃふにゃで頼りなくても、一応きっちり母親なのだ、エリーは。

「ねえエリー、何時に帰ってくる？　俺がヨシの家から帰ってきたらいる？　ロゼダイやろうぜぃ」

シーザーがエリーのナイキの袖を引っ張りおねだりモードに入っている。

「わかったー。エリーもなるべく早く帰るね。しーくん五時だもんね。ダッシュで帰ってくるよ」

我が家で一人だけ苗字の違うシーザーは、エリーの存在なくしては語れない。母、添槇恵理子は十七歳で僕を産み、シングルマザーになった。相手はたぶんテレビ業界のお偉いさんで、十中八九妻帯者だったとみている。エリーにこの話はタブーだ。

エリーは地元沖縄(おきなわ)でスカウトされ、親の猛反対を押し切って上京、アイドルグループの一員として活動していた。

エリーは絶世の美女とまではいかないけれど、ぱっちりした大きな目とその下の泣きぼくろが印象的なアイドル顔だ。人気も出はじめ、グループ活動が軌道に乗ったさなかに僕を妊娠してしまった。

誰にも頼れない中卒の十七歳が、子供を育てようとした時、飛びついたのが金銭的時間的に一番コスパのいい水商売だったんだろう。エリーは大きなキャバクラで働き始めた。もちろん法律違反だ。

かわいがってもらった先輩が自分のクラブを持つまでにいたり、今はその人について神楽坂(かぐらざか)にあるクラブのホステスとして働いている。

シーザーは、キャバクラ時代にエリーを慕(した)っていた後輩が、ひとりで産んで育てていた男の子だ。その後輩キャバ嬢が二年前、シーザーをエリーに託して蒸発してしまった。シーザーはまだ六歳だった。

エリー自身、未婚で僕を育てているため、後輩キャバ嬢の苦労が手に取るようにわかってしまい、警察沙汰にはせずに黙ってシーザーをこの家に招き入れた。

痩せこけ、袖の短くなった垢まみれのシャツを着て、眼光ばかりが鋭い野良猫みたいなシーザーを前に、僕だって自身の姿と重なるものがないわけじゃなかった。でもなあ、それこそ猫の子じゃないんだぞ、うちの経済状態を考えろよ、と玄関でぎゅっと手を握り合って立つ二人を前に、深いため息を漏らした。高校一年の冬のことだった。

ただ、虚勢の裏にある隠しようのない哀願に勝てず、僕はエリーと握り合っていないほうのシーザーの手を引き、三和土の内側に引っ張り上げてしまったのだ。万歳三唱をするエリーに、「もうこれっきりだぞ！」とそれこそ捨て猫を拾ってきた子供に宣言するようなセリフを口にした。

後輩キャバ嬢がシーザーを産んだのも、やっぱりエリーと同じ十七歳。同じように相手の男にトンズラされたらしい。

それ以来僕とエリーとシーザーの三人暮らしが始まった。二人だってカツカツなのに三人。それも食い盛りの男子。それでもどうにかしてみせる！　僕もシーザーも境遇に負けず安定した未来を手に入れるんだ！　と表紙の反り返った家計簿を握りしめ、僕は今日も闘志を燃やす。

「しーくん、だからね？　今の話理解できた？　トラックは長ーいから曲がるときにナイリンサーってのが生じるのね？　交差点を赤信号で待つときに角の前の方にいると、曲がってきたトラックの後輪に巻き込まれちゃうんだよ」

見るとちゃぶ台の上には、よくわからない図が描かれた紙が載っている。エリーが描いたらしい。ちゃぶ台をはさんだ位置からその図を取り上げ、横にしたり縦にしたりして首をひねるシーザー。

「それ、ナイリンサーじゃなくて内輪差だと思うぞ」

「そうなの？　この間の保護者会で最近このへんでナイリンサーによる事故があったから、家庭でも児童に注意を促してください、って言われたんだよー。その通りに説明したのにシーザーがー」

エリーはかなり心配性でもあり、学校からくる不審者情報や交通事故情報の注意喚起は、シーザーにちくいち説明して気をつけるよう言い含める。立派に母親だ。意味が一部わからないことも多いけど。

「交差点では下がって待て。シーザー」

ナイリンサーにとらわれているシーザーに、もっと現実的な指示を提示してやった。

「エリー、シーザーのマラソン大会参加のお便りに、保護者の名前書いてハンコ押したか?」

「えー、うーん。用紙……どこいったかなあ。いつまでだっけ?」

「俺の卒業謝恩会のアンケート郵送した?」

「うん………?」

エリーは目玉を右斜め上に向けてつむじ付近をぽりぽり掻いた。赤茶色い巻き髪がくしゃくしゃにもつれ、毛先があちこちにピンピンはねている。また昨日ドライヤーをかけない濡れたままの髪でゲームに熱中し、そのまま寝たんだろう。

エリーの帰宅は早い時で午前三時。化粧をして淡い色の出勤着に着替えると癒し系がウリの可憐な夜の蝶ができあがる。ひいき目を差し引いてもとても三十五には見えない。年増とはいえ、がっつり美人の範ちゅうに入る。のに、家にいるとこの体たらく。

提出物の遅れで先生に怒られないようにするには、自分がしっかりするしかないと保育園の頃から学んだ。エリーの心配性は命の危険がないものには発動されない。

〝ママお願い早く!〟

〝エリちゃん、頼むよ、「あとで」じゃなくて今ハンコ押して、今!〟

〝五日が期限だからまだ平気、じゃねえだろエリー、それでいっつも忘れるんだ、いい加減にしろ！　もう全部俺がやるー！〟

　と、僕の中でエリーの呼び名は、ママからエリちゃん経由でエリーに変化し、今はこれが定着した。

「ねえジョー、あと俺の、体操着リサイクル市の出欠は？　それはジョーに渡したよ？？

もう俺の体操着短い」

「えっ……体操着、リサイクル……市？」

　我が家にとってリサイクル市は何より大事なイベント。そんなものを忘れた日には家計に大打撃。おそらく僕の顔面からはさーっと血の気がすべり落ちた。

「えー。城くんがリサイクル市忘れるなんて珍しいよねえ」

「ついにカノジョができたんじゃねーの？　頭の中がカノジョ一色とか！　やーいカノジョカノジョ！」

「うるっさい」

　またしてもシーザーの頭をぱっかんと平手で叩く。

「だって高校三年にもなって一度もカノジョができてないなんてテンネンキケンブツー」

「天然危険物じゃなくて記念物だ、バカ！」

「ほんとよねえ、ショージキ、危険物で正解だとエリーも思うの。危ないよそんな若者。

いかにも恋愛キョーミない最近の子、って感じ。エリー心配だな。エリーなんてその頃赤ちゃんの城くん抱っこしてたもんねー」

それはエリー、アナタが少々特殊なんだよ、逆の意味で危険物はアナタなのだよ、と返したいところだけれど、僕はリサイクル市を失念していたことの衝撃で軽くパニックを起こしていた。

「城くんが悪さしてエリーが小学校に呼ばれたことだってあるのに、今じゃあ立場ぎゃくてーん！」

「そんなことあったか？」

「小二の時、製材所にもぐり込んで遊んでたやつだよ。今だってあそこ裏門開きっぱなしだし。あれじゃ入りたくもなるよねえ」

「ああ、あったな」

エリーは、うらめしいほどいつもどおり。

僕は……エリーにはとても言えなかったんだが、この間のセンター試験の自己採点で、過去最低点を叩き出した。

担任が外部模試を受けろ外部模試を受けろ、と口をすっぱくしてがなりたてていたけれど、金がもったいなくて、一回しか受けずにセンター本番に挑んでしまった。結果、完全に会場の雰囲気に飲まれた。ふだんそれほど緊張するタイプじゃないのに、テンパって英文の内容が全然頭に入ってこなかった。

センター試験の自己採点のあと、自宅の狭いトイレで問題冊子を握り潰し、声を殺して泣いた。この中高一貫校に入って、中学一年からの地道な努力はなんだったのか。うちの経済状態では、浪人なんてもってのほかだ。校内校外模試でも安全圏の国立大一本に目標を絞った……その結果のセンター失敗。

だが泣いてばかりもいられない。その後の対策も熟考した。

将来の安定のためには、そこの大学までは出ておきたい。考え抜いた末、二次でかならず挽回できることを信じ、大学はそのままで、学部学科をもっと偏差値倍率が低いところに変更して願書を出した。同時に国立後期の受験も同じ大学同じ学部学科に申し込んだ。

そして、前期は落ちた。

ありえねえ、と思いながらも受かった連中をしり目に猛勉強を重ね、後期試験に挑む。何度も言うが完全安全圏の大学、のはずだった。何かのドッキリじゃないかと疑うような、現実感皆無の日々だった。

エリーやシーザーの前では普通にしよう普通にしよう、と思いながらも態度には出ていたんだろうな、と思う。

志望国立大後期試験。最後のチャンス。今日がその合格発表の日なのだ。

僕は小学校のマラソン大会とリサイクル市の出欠票を探し出して両方ともに出席のところに丸をし、名前を書いてハンコを押す。謝恩会のアンケートは見つからない。ふだんから整理整頓しておかないと、探す時間の無駄だとあの二人は何度言ったら理解するのか。「自分だって忘れるくせにー」とまだぶーぶー文句を垂れる二人を蹴っ飛ばすようにして外に出した。

この後、僕もバイトだ。すぐに出られるようにモッズコートを羽織り、鍵も財布もポケットに入れる。これで動揺しても忘れ物をしないですむ。最後に神頼みのリングを右手の薬指に嵌(は)めた。

「……こんな予定じゃなかったんだよ。発表はちゃんと、エリーと一緒に見るはずだった」

ちゃぶ台の前に座り込み、手の中のスマホに視線を落とす。大学受験の願書提出のため、ガラケーから諸々(もろもろ)便利なスマホに変えた。

大学の合格発表が見られるウェブサイトにアクセスする。手汗はかくのに手の感覚がなんだか変だった。そのせいなのか、スマホが小刻みに震えて操作がしにくいったらありゃしない。

見ないわけにいかないんだ！　と自分を奮(ふる)い立たせ、心の中でえいや！　っと叫んで合否の枠をタップする。僕は固く目をつぶっていたらしい。おそるおそる目を開ける。

…………。

不合格、だった。いくら探しても、どんなに目を皿のようにして羅列されている番号をたどっても、僕の受験番号はなかった。

…………。

こんなことって、あるのか。…………あるんだな。

物心ついた頃から自分の母親が友だちの母親よりずっと若く、身なりも風貌も違うことは認識していた。歳が上がるにつれ、わが家が普通とはちょっと異なることにも気がついた。金がないことにも。

それでもエリーは、肩身の狭い思いをさせないため、他の子供が持っているものは無理をしてでも買ってくれていた。新品の自転車にブレイブボード、数々の外遊びの道具に流行りもの。

小学校四年の誕生日には、発売されて間もないまだ誰も持っていない携帯用ゲーム機をサプライズプレゼントされた。生産が追いつかず、プレミアがついていることが連日テレビで取り上げられているゲーム機だった。

弾けるような僕の笑顔を期待するエリーのきらきらした瞳を、僕は正面から見ることができなかった。このゲーム機を買うために、母親がどれほどの苦労をしてお金を捻出したのか、すでにわかってしまう年齢になっていたからだ。

渾身の演技で乗り切ったあの日を境に、僕は変わった。経済格差だの奨学金未払いだの下流老人だの、世知辛いニュースにも関心を払うようになり、次第に意味がわかるようになり、詳しくもなり。僕とエリー、二人の先々のことを真剣に考えるようになった。

この不安定な生活から二人で抜け出すためには、歳の若い僕が、将来安定した高収入を得るよう努力するしかないのだ。

その日から食費に娯楽費、僕を喜ばせるためにするエリーの衝動買い、全部を管理することにした。もう最新のゲーム機なんかエリーに買わせない。僕はエリーに、奨学金なしで家から通える国立大学に入学することを宣言した。

それはシーザーが家にやってきてからも変わらない。より家計の締めつけが厳しくはなったが、幸い、小学校四年までの遊び道具は僕のものがあった。二人で抜け出す、が、三人で抜け出す、にバージョンアップしただけだ。

将来の希望はひたすら安定と普通。安定した職業に就き、わが子に不自由をさせない普通の家庭を持ちたいと、ガキとは思えない堅実な希望を持っていた。それはたぶん、叶えられなかったエリーの希望でもある。

添槇家プラス高橋家の共通標語は、一に安定、二に普通、途中がなくて百に夢。なのに、この結果。手のひらに載せたスマホが畳に落ちる。小さい頃から切り詰めて準備してきたのに、その第一関門が突破できなかった。

ありえねえよ。エリーになんて言えばいいんだ。エリーにはA判定の模試しか見せていない。合格最低点を大きく突破した過去問ノートを見せて安心させたこともある。

だから、僕が落ちることなんて頭の隅にもありゃしない。

うつむいて片手で顔を覆い、動くこともできなくなった。浪人なんて計算に入っていない。予備校に行く金なんてない。

猛勉強したさ。でも大事をとって安全に、冒険せず実力で、充分イケるはずの国立大を狙ったはずなのにこういう結果になった。なら、仮に浪人したって、来年同じことが起きるかもしれないということだ。

エリーにもシーザーにも、僕の大学進学費用を捻出するために何年もケチケチ生活を強いてきた。合わせる顔がない。

南向きの窓から入る陽の光がゆっくり動き、タンスの影が形を変える。それをただ見つめていた。どのくらいそうしていたんだろう。

長年の習慣からか、こんな時でも壁掛け時計の針にだけは、僕の瞳は反応する。

バイトに、行かなくちゃ。受験で一年間休んでいた、スーパーの中にあるベーカリーと新聞配達のバイトは、後期試験が終わったその日に再開した。

ふと、親指あたりに小さな穴が開いている靴下が視界に入る。せっかく完璧にバイトに行く用意をしてから合否を見たのに、また靴下の履(は)き替えか。

ちゃぶ台に両手をついて身体を持ち上げる。足腰にまったく力が入らなかった。

数歩離れた場所にあるタンスの引き出しを開ける時も、真昼の悪夢に放り込まれたようで現実感がまるでない。

安物のタンスの一番下の引き出しをガタガタと右に左に揺さぶりながら引く。が、数センチしか開かない。ああ。また一番奥で、上の段の衣類が引っかかっているのだ。いつもは数センチの隙間(すきま)から五十センチ定規(じょうぎ)を差し入れて引っかかっている衣類を掻き出してタンスを開ける。

こんな小さいタンスに三人分の衣類とか。無理だっての。

突然、ぶわあっと凶暴な感情が、一瞬にして沸騰(ふっとう)して噴きこぼれる湯のように湧き上がってきた。

僕は立ち上がって開きかけのタンスを思いっきり蹴飛ばした。すごい音がした。かかとが割れたんじゃないかと思うほどの衝撃が、アキレス腱を伝って膝裏にまで響く。タンスがめりめりっと不吉な音を立てた。

「マジかよ」

角の継ぎ目にかなりの隙間ができていた。さすが三千円タンス。このまま開け閉めしていたら分解してしまうことは間違いない。

今日のベーカリーのシフトはラストまでだ。ため息をつきながら四段のタンスの一番上の引き出しにそっと手をかけた。

バイトに行っている間に、シーザーが無理に引き出しを開け、タンスが壊れて怪我をするかもしれない。シーザーとエリーが風呂に入れるように、引き出し全部を引っこ抜いて、とりあえず今日はそのままにしておいてくれと、置き手紙を書いておこう。直している時間はない。

変に余裕のできたタンスは、いつもみたいに軋むことなく楽に引き出しが開くという皮肉。一段目、二段目はエリーの下着や衣類だ。僕はいつもは縁のない一番上の引き出しを全部引っこ抜き、畳に置いた。

置いたところで眉をひそめる。一番奥の下着の隙間から、紙の束の角がよれて飛び出していた。こういうのが引っかかる原因になるのだ。衣類と違って柔軟性がなく、一度引っかかると取るのに苦労もする。

　僕はその紙の束を取り出した。引っ張り上げてみるとそれは角の湾曲したノートだった。あの状態のままずっと入れっぱなしだったんだろう。ノートの間から映画のちらしや写真が埃と一緒に舞い、畳に散らばった。かび臭い匂いが強くなる。

「えっ……」

　僕は一枚の写真を手に、動けなくなってしまった。

　それはダンスか何か用の板張りの稽古場で、壮年の男二人の間に、若い女の子二人が立っている写真だった。高校生くらいの女の子二人のうち、ひとりは花束を抱えている。花束を抱きしめるようにして満面の笑みを浮かべているのは、エリーだった。

　それはいい。エリーが昔アイドル活動をしていたことは知っていた。だから、なにかのオーディションを勝ち取ったことがあるのかと、感心しながらもスルーしてノートをもとに戻しただろう。

　だけど、エリーの隣に写っている女の子というのが、今、最も旬だと言われる女優のひとり、立樹百合乃だった。

　どういうことだ？　僕は写真を目の前に持っていき、それこそ穴が開くほど凝視した。

間違いない。花束を手にしているのはエリーだ。エリーは今とほとんど変わらない。

その隣で隠しようもない作り笑いを顔に貼りつけているのが立樹百合乃だった。立樹百合乃のほうは、この頃より今の方が数段あか抜けた美人になっている。

でも。でも見間違いでも勘違いでもないのだ。なぜなら写真の下の方にエリーの字で〝立樹百合乃を抑えて大抜擢！　やったー！〟と油性マジックの斜め書きがある。なんのオーディションだ？　オーディションだよな？　そういう雰囲気満載だ。

そこで僕はもう一度目を凝らした。男のうちのひとりに見覚えがあるような気がする。映画監督の、興津ナントカいう……。興津、だっけ？　とにかく、すごく有名な監督じゃないだろうか。今よりずっと若いから確信がないけど、たぶん……、いや、絶対に本人だ。立樹百合乃を抑えて大抜擢！　とエリーが綴る字には喜びがあふれている。

立樹百合乃と興津ナントカ監督。相当に大きいドラマか映画のオーディションに違いない。

これっていつの写真なんだろう、と頭に浮かんだタイミングで、写真の下の小さな日付に気がついた。

２０００・５・19。

僕が生まれる八カ月前だった。どういうことだ？　勝ち取ったこの役……妊婦でできる役なのか？

僕は夢中で、散らばったちらしやノートにも目を向けた。手にした古い映画のちらしを見て心臓が大きく震えた。〝硝子の森〟という、映画に詳しくない僕でも知っている有名な作品だったから、ということより、その主演女優が立樹百合乃だったからだ。

写真はこの映画のオーディションじゃないのか？　主演を勝ち取ったのはエリーなんじゃないのか。ちらしの中に公開年月日の日付を探す。

僕の、生まれた翌年だった。つまり単純に考えて、エリーは僕を妊娠していることに気がついたためにこの役を降りたのだ。

ノートのほうを取り上げた。日記らしい。自分の出生に関することだ。罪悪感より真実を知りたい気持ちが勝ってしまってどうしようもなかった。ごめんエリー。

僕は日記を開いた。

…………………。

…………………。

その日記からわかったことは、僕にとって世界が反転してしまうような内容だった。

沖縄でスカウトされ、上京したエリーはアイドルとして活動。その時にスカウトしてくれた人に推薦され、この映画のオーディションに参加した。ほとんど立樹百合乃の出来レースだと言われていたオーディションを、エリーは勝ち取ったのだ。イメージにぴったりだと監督に言われたとのことだった。

その後エリーはつき合っていた男との間に、子供ができていることを知る。僕が長年推測してきた通り、相手は妻帯者らしい。同じ業界の人間だということくらいしか日記からは読み取れなかった。誰にも見せるつもりのない日記にも、エリーは相手が誰だか記していないのだ。

日記の後半は読めたものじゃなかった。

〝すごいチャンスなのになんで！〟

〝こんな子いらない〟

〝流産したい〟

〝どうやって堕(お)ろせばいいの、誰か教えて〟

エリーは稽古場で激しいダンスをし、呼吸困難で倒れる。流産しようと思っての行為なんだろう。切迫流産で入院。危ない状態が数日続いたのち、まわりに妊娠が知れる。

〝産もう〟

と最後に書いてあり、その日記は終わっている。

エリーは、僕を産みたくなかった。相手の男に相談はできなかったんだろうか？　日記からは自分ひとりで決めなければならないほど追い詰められている様子が伺える。堕胎したかったけれどその方法がわからなかった。名前が知れていたのかどうかはわからないけれど、産婦人科に行って妊娠が知れるのが怖かった。

最終手段が流産で、とにかく無茶なことをすればいいと判断した。堕胎を断念したエリーは自らの身体を痛めつけることで流産を計り、それにも失敗。

そして十七歳のシングルマザーの子として僕はこの世に生を享けた。

今まで見てきた世界が、全部嘘だったと宣告された瞬間だった。

白だと思っていた色は黒。空だと思っていた場所は地中。絶対の味方だと思っていた存在は、いまや顔のないのっぺらぼうにしか見えない

家族を愛し愛され信じて疑わず、それを守るために喜んで数多の犠牲を払ってきたつもりでいた。実はその対象に、愛されていたんじゃなく忌み嫌われていたと知った。生まれないことを切望される存在だった、僕は。

僕がいなければもしかしたら今頃エリーは、有名女優として芸能界で活躍していたかもしれない。あんなずぼらな性格のエリーだ。それは考えにくいけど、少なくともあの名作映画〝硝子の森〟の主演はエリーだった。

自分がいなければ母親が女優になれたかもしれないという事実には驚かされたけど、それがなくたって、僕がいなければ、僕さえいなければ、という意識は心の一番奥深い場所でいつでもくすぶっていた。僕は、どう考えたって計画的に出産された子供ではない。僕さえいなければ、エリーの運命は大きく変わっていたはずなんだ。

小学校六年の初詣（はつもう）での夜を思い出す。心の底にあったその封印を、いとも簡単に剥（は）がした少女がいた。

同じ容姿をした双子の片割れが優秀すぎて、期待がそっち一方に集まる。いっそ自分はいなくてもいいんじゃないか。そんな悩みをあっけらかんと告白されたことで、僕は自分も同じ意識を持っていることをはっきりとつきつけられた。

花辻瑚都（はなつじこと）。ちょっと気になる、くらいの存在から、いきなり熱風の竜巻に巻き込まれたような僕の初恋。

だけど僕のせいで瑚都は中学受験ができなかった。

例えばあの日、傷ついた鳩を追っていった瑚都に僕が気づかなかったら、彼女は夜遅くまで誰かと語り合うなんてことはしなかっただろう。喘息（ぜんそく）を患（わずら）う小さな身体が、一月の切り裂くような夜風にさらされる事態にはならなかったに違いない。

僕が瑚都を追いかけたのは、それが瑚都だったから。瑚都の他者と違う行動に気がついたのは、彼女が好きだったから。

つまるところ僕が瑚都に想いを寄せたりしなければ、彼女は中学受験ができた。望まれずに生まれてきた子。僕は、愛する者を不幸にする運命を生まれながらに背負っているんじゃないだろうか。

だって母親の中に宿ったものは、希望ではなく絶望だったのだから。不幸の元凶だったのだから。


「俺だって好きでこんな家に生まれたわけじゃねえし……」

ふいに獰猛な感情に襲われる。

いつも金の心配ばかりをして切りつめて生活してきた。

中学の制服、体操着、部活ジャージ、全部が他人のお古だった。思春期真っ盛りの年齢で、それが恥ずかしくなかったわけがあるかっての。

中高一貫校のバドミントン部に中一から籍を置き、仲間がみんな当たり前のように高校でも部活を続けてインハイで上を目指す中、部長だった僕がやむなくバイトを始めるために退部した。どれだけ泣いたと思ってるんだよ。同じことをシーザーに強要するのは、辛くて胸が張り裂けそうだ。

普通でありたい。目の前で語られる、友だちの普通であるからこその愚痴や不平さえ眩しかった。同じ土台に立てないからこそ、安定した生活やただただ普通であることに強烈に憧れるんだ。

いつか自分の子供が生まれたら、最新のゲーム機に欲しがっているソフトをセットでプレゼントし、演技なんかじゃない本物の笑顔を見たい。金の心配なんかせず、自分の夢見た進路を真っすぐに進んでほしい。

自分ができなかったことを愛する者に投影することで得られる幸福。そんなジジ臭い未来を目標に、雨の日も雪の日も新聞配達に精を出す高校生なんかそうそういない。

体中の血液が重い泥水に変わってゆく。気のせいなんかじゃなく、実際腕を切り裂いたら、泥水がたらたら流れ出すんだろう。僕は泥人形。生まれる価値もなかった。

挙句の果ての、ありえないはずの大学受験失敗。実はありえないはず、なんかじゃなく、望まれない子供の必然の運命なんじゃないのか。

エリーは、今僕が消えたら、嬉しいだろうか。僕の存在がなかったことになったら喜ぶだろうか。

気持ちが弱くなる時に着けてきた右手のリングを左手でまわす。中学のバドミントン部で、都大会を敗退し、僕の部活引退が決まった後に三年の部員全員で買ったリングだ。リングをまわしながら右の手のひらに載せたスマホでサイトを漁る。なんのサイトを探しているのか自分でもわからない。

自分が生まれていない世界。

自分がいない世界。

あの世。

死後。

なんだこれ、ってタイトルがいくらでも出てくる。それだけ自分の存在を疑問に思っている人間が多いってことか。

『アナザーワールド』

そんなタイトルに視線が止まった。これは何かのサイトなのか？ 他の世界、他界、か。それもいいかもな。頭がぼんやりし、圧倒的な負の渦巻きに翻弄されるようだ。抗う気力はゼロ。

もうどうにでもなれ、という捨て鉢な気持ちが謎の引力に反応し、引きずり込まれるようにそのサイトをタップした。

生まれてこなければ、よかった。

2

どのくらい気を失っていたんだろう。まわりを見回すと知らない部屋のベッドに寄りかかっていた。たぶん古いアパートの一室で、畳にカーペットを敷いて洋風っぽく使っている。クロスじゃなくて、今時珍しい漆喰壁剥き出しみたいなところは僕の家と似ているのに、使い方によっちゃあここまで今風になるんだなぁ、と変に感心してしまった。

僕の家には無縁の高そうなオーディオ機器や、薄型ノートパソコンがあって、若い男の部屋かな、って印象だ。２Ｋに無理無理三人で住んでいるわが家と違って、一部屋はベッドルーム、もう一部屋はテレビとローテーブルを置いてリビングとして使っているらしい。おしゃれだ。

金をかけるとわが家もこんなふうになるのかな。だってここの家も２Ｋみたいだし、間取りとしちゃよく似ている。

誰か友だちの家に来たんだっけ？　僕、どうしたんだっけ？　記憶がなんだか曖昧……。

頭を手のひらでばんばん叩き記憶をたどっていると、カチャッと鍵を開ける音がして僕と同じかひとつ二つ年上くらいの背の低い男が部屋に入ってきた。高校生でひとり暮らしは一般的じゃないだろうから、大学生だろうか。

ばっちりと目が合い、お互いに動作が止まる。

どうも、とへらっと頭を下げる。友だちじゃないじゃん。知らないやつだ。どうなってるんだ、いったい。

「ちょっと！　人の部屋で何してん……すか？　どうやって入った、んすか？」

「えっ？　いや……」

どうやって入ったって聞かれても、いつの間にかいましたとしか答えられず、そんな返事をした日には頭が変だと思われて即警察行きだ。……いや、他人の部屋に入り込んでいる時点で、警察に突き出されてもおかしくない。

こっちの頭が蒼白（そうはく）になりかけている間に、自分の家なのに玄関から先に進もうとしない男の顔色は、みるみる青ざめていった。

「な、何もないっしょ？　おおお俺の部屋。こここここ、ここに二万あるんで、これ持って出てってくれませんか？　警察に通報とか、ぜ、絶対しないんで」

男は尻ポケットから長財布を出し、それを開いて二万円を出した。

空き巣と勘違いされている。当然か。それが妥当な解だよな。鍵のかかっている部屋にどうして僕は入れたんだ？

「す、すいません！　えと、ずっと前にここに住んでたもんで、懐かしくってつい……。か、鍵がなんかまだ使えちゃって……。別にナイフとか物騒なもの、何も持ってないっす」

立ち上がって両手を上げ、丸腰であることをアピールする。同時に男から床がよく見えるようにする。思いついてモッズコートのポケットを探り、鍵の感触を確かめる。バイトに行く前で鍵をポケットに入れたんだった。

それを取り出すと、手を伸ばしてそーっと相手の男に差し出す。向こうの男もおそるおそる腕を伸ばしてきた。お互いの指先が限界まで伸びきったところで、鍵を受け渡すことに成功。

鍵が同じなわけはないけど、こういう古い造りのアパートはその形状が似ているんじゃないかと思った。もうこの言い訳で押し切るしかない。

「それじゃ僕は、これで……これで失礼します」

玄関の脇に立って、二つの鍵を重ね合わせている男の隣をすり抜けようとする。男が驚きに短く声をあげ、マジかよ、と呟く。

その声に反応してすれ違いざま男の手元を見ると、二つの鍵は、形状が似ているどころか凹凸までぴったり合っているように見えた。

固まっている男をしり目に玄関で慌ててスニーカーをつっかけ、外に飛び出る。外階段二階建てアパートの二階部分だった。そこまで僕の家にそっくり。外廊下を靴音も荒く突っ走る。ころげるように階段を駆け下りた。

「あれっ？」

景色を見てわけがわからなくなる。僕の家のアパート周辺と同じだった。振り返って今飛び出してきた男のいるアパートを振り仰ぐ。僕の、アパートだった。周囲の建物も寸分違わない。

そんなことって……。夢でも見ているのか？　周囲の景観までまったく同じアパートがどこか他の地域にもあるのか。これがゲームに出てくる異世界、並行世界？

混乱のあまりぶっとんだことまで脳裏をよぎる。

こういう時は、まず、集合ポストを確認してみよう。一階の集合ポストのある場所に行ってみる。場所まで同じでぜんぜん迷わない。……どころか。

「ありえねえ……」

僕の家は二〇六だった。隣の二〇五はエリーと仲良しの小菅の美世子ねえちゃん。反対隣の二〇七の角部屋は、大家の息子の小林なんちゃら。同じだった。小菅のねえちゃんも大家の息子も、ちゃんとここにいる。

二〇六の僕の家だった場所だけに、ひび割れたプラスチックに〝短期ユニット〟と書いたプレートが貼りつけてあった。その下の枠にローマ字でＭＩＳＡＫＩと書いた紙が突っ込んである。

みさき、ってなんだ？　僕の家は添槙で、ここには添槙、とまるっこい漢字でエリーが書いた紙が入っていたはずだ。いつから僕の家だけが短期ユニットになったんだ！　エリーとシーザーはどこに行ったんだよ！

そこではっと気づく。履いているスニーカーが僕のものじゃなかった。きっとさっきの男の持ち物なんだろう。僕の家じゃ家計的に絶対買えないスポーツブランドの真新しいスニーカーで、とんでもなく履き心地がよかった。この靴なら百メートル十秒くらいで走れそうな気さえする。あいつ、ボロアパートに住んでいるわりには持ち物が豪華だな。

これほどの非常事態、いや異常事態をしごく冷静な目で見ている自分に驚く。やっぱりこれ、夢だよな？　これがいわゆる明晰夢ってやつ？

僕は大通り目指して猛ダッシュをした。夢だとわかっていても最善の方法を取ろうとするのが人間の本能らしい。

あの家が僕の家じゃないなら僕の靴はないってことだ。このスニーカーを拝借する以外に裸足で外を歩かずにすます術がない。さっきの男は小心者っぽかったけど、このスニーカーが買ったばかりのお気に入りで、追いかけてこないとも限らないから、なにはさておき走る。あっちも屈強なタイプに見えなかったけど、僕だって筋骨隆々からは程遠い。

大通りに出て人が多くなってからも、走ることをやめられない。逃げているというより、がむしゃらに手足を動かしていないと混乱でどうにかなってしまいそうだった。

駅前の目抜き通りの大きな交差点に出る。体力に限界がきて、ようやく足を止めた。両膝に両手をついて前傾姿勢を支え、大きく肩で息をする。こんな街中で全力疾走してきた僕を、通行人が物珍しそうにちらりと見ては通り過ぎていく。

息が整うと急激に疲れが襲ってきて、すぐ後ろにあったガードレールに浅く腰をかけた。うつむき、足元のアスファルトを睨みながらフルで脳を回転させる。

なにがどうなって、いったいなにが起こっているのかわからない。自分の家だけが存在しないなんて悪い夢に決まっている。

僕はどうしたんだっけ？　混乱をきわめた脳に、徐々に記憶が蘇ってくる。

そうだ。僕は今日、後期の大学受験に落ちたんだ。もう手を尽くすことはできない。そこにきて見つけてしまったエリーの過去。エリーが僕を堕胎しようとしていた事実。僕がいなければエリーは、名作として今でも名高い映画の主演を務めていた。

小学校の頃の後悔にも思いが及んだ。初恋の子は、初詣(はつもう)でで僕と夜遅くまで話し込まなければ体調を崩すことなく中学受験ができた。

自分がいなければ大事な人たちの運命は大きく変わっていた。自分は生まれてこなければよかったんだと思いながら、やみくもにそういう世界を求めて手にしていたスマホでネットを漁(あさ)った。

そこで見つけたのが『アナザーワールド』というサイトだ。他の世界。他界。死ぬのか。そういうサイトか。もうそれでもいいかも。とやけっぱちでそこにアクセスしたんだった。

えっ。まさか。

死んだってことなのか?

これが死後の世界?

自分で望んでおきながら圧倒的な絶望を感じ、額(ひたい)に手を当てながらゆっくりと頭を起こした。

そして。交差点の角のビル、その屋上に設置してある巨大看板広告に視線が釘付けになった。

「エリー……?」

新作の口紅(くちべに)かなにかの広告だ。その看板の中で、薄いベールをひるがえしながら振り向き、唇に笑みをたたえる人物。それが、エリーにそっくりだった。

似ているだけかと思い、僕はその看板をさらに凝視した。

「エリーじゃん……」

目元にある特徴的な泣きぼくろの位置が、エリーと一緒だった。

え。待て。どういうことだ？

広告の下の方に控えめに書かれている口紅の商品名を読む。HAKURA。美生堂の新商品で、大々的に売り出している口紅じゃないのかなと思う。そんなものに興味はないんだが、友だちの優也が以前このCMのことで、学校で騒いでいた。

HAKURAのCMに出ている立樹百合乃がめっちゃ可愛いと。三十五には見えないねーと力説していたけど、僕は母親のエリーと同い年だと思うとどうせ特殊メイクばりの化粧で盛ってるんだろ、と、まったく興味をそそられなかった。

そうだ。確かにあのCMは立樹百合乃がやっていたはずだ。それなのに、今、目の前にあるHAKURAの宣伝広告を飾っているのは、エリーだ。

てことは、やはりエリーは、女優？　芸能界で立樹百合乃の位置にエリーがいるのか？

昔エリーが、有名な映画のオーディションで、立樹百合乃を抑えて主演を勝ち取っていたことがあったとさっき、エリーの古い日記で読んだ。でもエリーは結局その役を降りた。

僕を妊娠していたから。でもここではエリーは女優だ。

それじゃ……僕は？　僕の存在、は？　ここでは僕は売れっ子女優の息子なのか？　ここがどこなのかわかりもしないまま、手にしたスマホに視線を落とす。

ずっとスマホを握りしめたままだったらしい。僕は添槙恵理子を検索にかけようとして、スマホが壊れていることに気づいた。日付と時間は表示されるものの、ネットがつながらない。どういうことだ？　なんでこんなタイミングで壊れるんだよ。

地団太踏みたい気分になる。ここはどこだ。僕に何が起こったんだ？　死んだなら死んだで、誰か迎えに来てくれよ。天国にも行けないじゃんか。

エリーは実家と絶縁状態で親戚がいない。父親もいない。だから僕には迎えに来てくれるご先祖様も、いないってことなのか。

涙が出そうになる。スマホが壊れているせいで誰とも連絡が取れない。とりあえず、この世界にエリーがいるらしいことはわかった。

じゃあシーザーはどうなんだ？　シーザーも、もしかして家を失くして今頃僕と同じように途方にくれているんじゃないんだろうか？　強烈に気になりはじめた僕は、そのままシーザーの通う小学校に向かった。

枝浜小学校は防犯対策のため校門に鍵がかかっている。門についているインターフォンで担任の先生に用件を伝える仕組みになっている。シーザーの家のものだと名前を告げ、二年三組担任の富井先生に取り次いでもらった。

「あっ。富井先生ですか？　高橋シーザーの兄の添槇城太郎です。弟がお世話になってます。えっと、シーザーは今日ちゃんと登校してますか？」

エリーが仕事で抜けられない時期にシーザーの個人面談があり、富井先生と僕は面識があった。つい最近のことだ。

「大変失礼ですが、何かお間違えのようですよ？　二年三組に高橋シーザーという生徒はいません」

「え！　そんなわけないじゃないですか？　祭に財に愛って書いてシーザーって読むキラキラネームのやつです。富井先生、最近俺っ……僕とシーザーと三人で三者面談しましたよね？　母親がクラブで働いてるシングルマザーで」

「他の先生にも今、その名前の生徒が校内にいるかどうか調べてもらいました。枝浜小学校には、高橋シーザーくんという生徒は在籍しておりません」

「…………」

「失礼します」

そこでインターフォンは切れた。

頭が真っ白、とはこのことだ。どのくらい校門の前で立ち尽くしていたのかわからない。一分か、二分か、十分か一時間か半日か。

シーザーがいない。

シーザーがいない。

シーザーがいない。

いや、単に枝浜小に在籍していないということかもしれない。この世界のどこかにはいる……んだろうか。ここが死後の世界ならいなくて正解だ。だけど、僕たちのアパートでは家族以外の住人は知る限り揃(そろ)っているし、富井先生もちゃんといる。

死後の世界だとは考えにくい。じゃあシーザーはどこにいる？　どうやって探せばいい。

気がつくと、もう陽が少し傾いていた。スマホの時計を見ると午後三時。ネットは駄目でも電話なら通じるかも、と友だちにかけてみた。やっぱりつながらない。

僕は直接家を知っている友だちのところに行くことにした。わけを話してこのなんだかわからない状況をどうにかしてもらおう。バイトに行く用意をして合格発表を見たから、モッズコートのポケットに財布を入れてあったのが不幸中の幸いだ。

とはいえ財布を開いてみると二千円ちょっとしか入っていない。いつもの財布だった。

今度は中学校からずっと仲がいい、一番の親友の河合優也の家を目指す。中一の時に同じクラスで仲がよくなり部活も一緒に入った。僕が部活を辞めるまでは同じバドミントン部だった。家も比較的近く、電車賃がかからないところがラッキーだった。

切符を買って電車に乗り込み、優也の住んでいる駅を目指した。三駅乗って乗り換え、そこから一駅目だ。優也の家のほうが学校から近かったこともあり、学校帰りにしょっちゅう寄った。優也の家で一緒に受験勉強をしたことも何度もある。優也は受験の要になる英語が苦手で、僕が高校二年の初め、一週間泊まり込みで文法を叩き込んだこともある。

大学の入学式まで間があるから、バイトか遊びに出ていなきゃ家にいるはずだ。優也は私大もちゃんと十校近く受けていて、最終的に第一志望の慶應大学に合格している。

〝高二の最初に城が一週間も泊まり込みで英語を基礎から特訓してくれただろ？　あれがなかったら絶対に合格できなかった。マジで感謝だよ〟

合格おめでとう、と僕が連絡した時、そう言ってくれた。

優也の家のインターフォンを鳴らす。築三十年くらいの一戸建てだ。

「はい」

声で優也かな、と思った。けどここの家にはよく似た声の兄貴も住んでいる。念のため名乗った。

「添槙城太郎です。優也くんいますか？」

「えーと？　僕ですけど？」

「優也？　俺だよ。超困ってんだよ。助けてほしい」

僕に対して敬語を使っているばかりか、すぐ玄関に出てこようとしない優也にもやもやしたものを感じながらも、切羽詰まった事情をそのまま親友に訴えかける。

「え？　誰？　ごめん、思い出せない。えーと、小学校とかで一緒だった？」

「……いや石領中学のバドミントン部で一緒だったんだけど、俺は高校では部を辞めて――」

頭の片隅にあった嫌な予感が的中したような気がして……というかたぶん的中し、どうにか言葉を紡いだけれど、途中で僕は唇を強く嚙みしめてしまった。涙が出そうだ。

「とりあえず、出るね」

僕が言葉を詰まらせたのをインターフォン越しに感じ取ったんだろう。優也がこういう優しい男でよかったのかどうか。詐欺だったら危ないだろ。

優也の家の引き戸が音を立てて開けられた。ほんの一メートル先にいる懐かしい面立ち。つい最近の高校の卒業式では部室で写真を何枚も撮り合い、最後にはみんなで泣いてしまった。その日だけは僕もずっと優也たちと一緒にいた。五日かそこら前の話なのに、十年も会っていない親友に再会した気がした。

なのに優也のほうは、一メートルの距離を詰めようとはせず、引き戸に手をかけたままで探るように僕の顔を見つめている。中高と、嬉しいことも哀しいことも共有してきた相手に対する態度とは、あきらかにかけ離れたものだった。

「悪い。やっぱり思い出せないや。あとさ。俺は確かに石領高校のバド部だったけど、うちの部には高校に上がる時に部を辞めたやつっていないんだよね」

「……そうか」

「うん。間違いないよ。部員多いわけじゃないからね」

知っているよ。

高校に上がる時に部を辞めたのは僕ひとりだった。つまり、僕は石領中学のバド部にはいなかった。一緒に都大会に出場したみんなの思い出の中に僕は存在しない。中学で部活を辞めてからもずっと大事にしてきた仲間なのに、もうその中に僕はいない。

「三年は八人だった？　引退の時、部長は小山くんで副部長は優也くん？」

「そうだけど。なんで知ってんの？」

メンバーはそのままみたいだな。

「えーと、聞いたんだよ。いや、たぶん俺の勘違い。手間取らせてごめんね」

僕はきびすを返し、数メートル歩いた。そこで思い出して振り向いた。

優也はまださっきと同じ姿勢で、ぜんぜん納得していない表情でこっちを眺めていた。

「あのさ、優也くん。立ち入ったことなんだけど」

「なに？」

「慶應大学、受かった？」

「え！　よく知ってるね。受かったよ」

「そっか。おめでとう」

今度こそ僕はそこを足早に立ち去った。

なんだよ。僕がいなくたってちゃんと優也は慶應に受かるんじゃんか。

しかも、僕の知る優也よりずっとしっかりしている。あんな少しの受け答えだけでもはっきりわかる。自分のほうは見も知らない、でも向こうは自分をよく知っていそうな人間がいきなり訪ねてきても、面と向かってビビらずに対応している。

優也は人間的にはすごくいいやつだけど、悪い意味でザ・中高生男子！　だった。学校から配られるプリント類の管理ができない。宿題もテスト範囲もメモらない。体操着も部活ジャージも持って帰るのを平気で忘れる。

小さい頃からぐだぐだな母親に代わって常に気を回してきた僕は、優也のことも見過ごせなかった。体操着持って帰れ、テスト範囲はここからここまで、プリント類はコピーして渡し、その他にもああだこうだと六年間いらぬおせっかいばかり焼いてきた。それを優也は鬱陶しがらず、

「超助かる、城がいないと俺無理だわ、ありがとう」

と素直に喜んでくれる男だったのだ。

〝優也の母ちゃん〟とバド部では呼ばれていたのに……。そういう過去も全部ないことになっているのが耐えられなかった。

むしろそういう世話を焼く僕がいなかったから、優也は不器用にでもなんでも自分でやるしかなく、結果、僕の知るヤツよりもしっかりした人間に育ったのか？　僕はいないほうがよかったってこと？

ここはいったいどこなんだよ？　どうして僕とシーザー以外の人間は、普通にいるべき場所にいるんだ？

いつもは指に嵌めていない神頼みのシルバーリングが、持っていたスマホに触れてガキッと嫌な音を立てた。嵌めていたのを忘れていた。

優也も持っているはずの、僕が中学で退部した時にバド部九人で記念に買ったリング。これに優也が気がついていたら、なにか事態が変わったりしてくれたのかな。無理か。無

理だな。このブランドのリングの中じゃ一番安いやつだから、シンプルすぎて一見しただけじゃわからない。

万が一優也が、これに気がついたとしても、ああこいつも同じのしてるな、くらいにしか思わない可能性の方がずっと高い。流行っているのだ。そこいらじゅうに、このブランドのネックレスだのリングだのブレスレットだのを着けている人間があふれている。かぶってもぜんぜんおかしくない。

若者中心にここ数年爆発的人気のCrossroadsというブランドのこのリング。〝高校生になるしちょっとおしゃれしたいな心――高校デビューともいうやつ――〟で、そういうことに一番関心のある安藤の意見でここのリングに決まった。他のやつはほぼどうでもよかったから、すんなり決まった。

ちなみに、男性向けブランドではあるけど、女子のストリート系ファッションにもよく使われ、男女ともに大流行らしい。

リングひとつで八千円なんて、添槙家にとっては暴風雨のような出費だと内心頭を抱えていた。そうしたら僕以外の八人が千円ずつ上乗せで僕の分を払ってくれた。

そして九人でリングの裏にこれからの夢とか抱負を彫るという、非常に青臭いことを部室でやった。男ばっかりで気持ちわりいな、とか、最初のリングは彼女と嵌めるもんだと思ってた、とか乗り気じゃないようなことを口にしながらも、部員みんなが浮かれて部室が変なテンションに包まれていたのを懐かしく思う。

嬉しかったし、楽しかった。城が辞めてもバド部はずっと九人だと、みんなが口々にそう言って僕の肩を抱いた。

中学三年の十五歳。部活のない日にまでつるむほど仲のいい九人だった。まだ誰も彼女なんて気の利いたものはいなかった。汗臭い部室の匂い。窓から入る柔らかい風の感触。すべてを鮮明に思い浮かべることができる。

だめだ、マジで涙が出てきた。ここでは、バド部はもともと八人で完結している。


徐々にではあるけれど、僕はここがどこなのか理解してきた。大学受験に落ち、エリーが僕を堕胎しようとしていた事実を知った。僕はスマホでやみくもにサイトを巡っているうちに気を失ってしまった。たったひとつのことを願いながら。

〝生まれてこなければよかった〟

ここは、僕が生まれなかった世界？　僕のいない世界？

でもそんなこと現実に、冷静に考えて、ありえるわけはない。

僕は自宅近くの駅まで戻り、駅前にあるネットカフェに来ていた。自分のスマホが使えないんだから、ネット検索をしようと思ったら他でパソコンを使うしかない。この世界がなんなのかを知るためには、やっぱりキーになるのはエリーだ。エリーは僕を産んだのか、それとも……。

ネットカフェは思っていたより安かったけど、今の僕は一円も無駄にできない。財布の中に保険証が入っていたから登録ができ、それだけでハードルをひとつクリアした気分だ。

パソコンの前に座ると猛然とキーを叩きはじめた。時間制なのだ。

エリーはとりあえずこの世界に存在する。だからまずシーザーだ。検索エンジンに、高橋祭財愛（たかはしいざあ）と打ち込む。息を飲んだ。

高橋祭財愛ではヒットしなかったものの、やつの名前が非常に珍しいキラキラネームだったことから〝祭財愛〟がヒットしたのだ。姓が高橋ではなくなっていた。窪瀬（くぼせ）祭財愛。

それが今のシーザーの本名だ。

キーを打つ指がまず空中で止まり、シーザーの記事を読み進めるにしたがって、それがキーボードを這うようにして握られていく。

窪瀬というのは、超大手ＩＴ企業の社長の苗字だ。これは、本当にシーザーなのか。ディスプレイに表示された一枚の写真を穴が開くほど睨みつける。のめり込むように凝視する。

シーザーだった。服装も髪型も雰囲気もまるで違っているけど、間違いなくシーザーだった。

何かのパーティーでの一場面だろう、その窪瀬という大企業の社長の隣でスーツを着込んで品よく笑っている。五人が映っている写真の中で子供はシーザーだけだった。シーザーは窪瀬社長の孫、らしい。

社長の息子に子供ができないか何かの理由で、シーザーは養子に取られたのだ。

僕が日記で読んだあのオーディションがきっかけでエリーが女優になったとしたら、キャバクラで働くこともなく、シーザーの母親とも知り合わなかった。僕の世界で手を差し伸べたエリーが近くにいなかったこっちの世界のシーザーには、きっと引き取り手が見つからなかったんだろう。

一時、養護施設に送られ、そこで、養子を探していた窪瀬社長の息子と出会った。推測は、きっと当たらずとも遠からず、の気がする。

画面の中のシーザーは、色あせたTシャツなんか着ていない。仕立てのよさそうなスーツに身を包み、髪はきれいになでつけてある。なによりも、とても幸せそうに笑っていた。

「よかったな、シーザー」

ひとりごとが漏れ、体中の力が抜けたような気がした。

シーザーは、僕やエリーとあのボロアパートにいるよりも、今の方が何倍も幸せなんだ。もろ手を上げて万歳三唱してもいいくらいなのに、正直、ちっともすっきりしなかった。そんな自分にいらだった。

意識して大きなため息をつき、エリーのほうに思考を切り替える。

こっちは今や有名女優。検索はあっけなかった。エリーの女優としての芸名は月森琶子だ。やっぱり女優としてのスタートになったのが『硝子の森』というあの映画だった。原作の面白さも相まって邦画としては記録的ヒットになった。エリーの演技も高く評価された。そこから今まで、女優としてエリーはとんとん拍子の出世を遂げている。

僕は、やっぱり生まれていないのか？　『硝子の森』は本格ミステリーで、人質になった高校生役のエリーは、劇中でやたら全力疾走する場面がある。腹がでかくちゃできない役だった。

それでも一縷の望みをかけ、僕はエリーの私的プロフィールを当たった。五年前に五つ年下の、僕も知っているイケメン俳優、駒田航大と結婚していた。僕の世界では、駒田航大はまだ独身のはずだ。僕が現在十八。駒田航大は三十。僕の父親の可能性は、限りなくゼロに近い……いやもうゼロだ。

公開しているプロフィール上、この世界のエリーに子供はいない。

僕は生まれなかったんだろうか？　それとも隠し子としてでもどこかに存在している？　ネットをいくら漁ってもエリー、月森琶子の隠し子疑惑は出てこなかった。

これぱかりは本人に確認するしか方法がない。有名女優になってしまったエリーの自宅を突き止めることは難しいんだろうな、と思ったら、案外簡単に情報が出てきた。さすがにどんぴしゃの住所までは伏せてあったが、何区の何通り、とまで書いてあり、外観の写真も上がっている。ガレージに車が二台停められる豪邸だった。

試しにスマホでその豪邸の写真が撮れるかどうかやってみたら、できた。ネットもつながらないし通話もできないが、通信機能以外は使用可能という状態になっているらしい。写真が使えることがわかったところで、駅から歩くための道順航空写真も撮っておく。

エリーと、エリーと結婚した駒田航大が今どこにいるか、本人たちのＳＮＳをもとに推測する。幸運なことに、駒田航大のほうは映画の地方ロケで東京にはいないことがわかった。エリーの動向はよくわからないが、おそらく東京にいる。

たとえエリーに会えたところで、僕が生まれている可能性は限りなく低い。

ネットカフェの入っている雑居ビルの狭い階段を下りながら、果てしなく重く暗い気持ちになった。僕はいったい何がしたいんだろう。何を望んでいるんだろう。

生まれてこなければよかったという思いがあの時脳内を埋め尽くし、『アナザーワールド』というサイトをタップした。死んでもいいと自棄になった。今もその気持ちがそう大きく変わったわけじゃない。

凶器のような言葉をさらりと吐いた瑚都の存在を思い出す。

「わたし、生まれないほうがよかったんじゃないかな」

瑚都は、この世界では何をしているんだろう。僕のいないここではちゃんと中学受験ができて、希望通りのところに入れたんだろうか。

広い歩道をぼうっと歩いていた僕の腰に、なにかがぶつかる。

振り返ると幼稚園の年少くらいの男の子が、ヒーローもののフィギュアを持って立っていた。

その子はちょこんと頭を下げ、そのままた前方にふらふらと歩きだす。母親か誰かがいないと不自然に見える年齢だった。なんでこんな小さい子がひとりで歩いているんだ？

そう感じた瞬間、その男の子は道の反対側の何かに気を取られたらしく、ちょこちょこっと右に大きくそれた。

「危ないっ」

前方から走ってきた自転車の真ん前に飛び出すような形になってしまった。慌てて男の子の腕を引こうとしたけれど数センチ届かず、僕の手は空を掴んだ。間に合わない。

そこに反対から伸びた腕が男の子を引っ張ってくれ、どうにか自転車事故だけはまぬがれた。

「あっぶねーな！　気をつけろよ！」

そう言い捨てると自転車に乗った若い男は走り去った。

さっきの男の子と、男の子の腕を引っ張って助けたらしい女子高生か女子大生くらいの女の子が、道路にまとめてへたり込んでいた。

この女の子どこからすっとんできたんだ？　そう疑問に思いながら、腰が抜けたのか立てずにいる二人のそばにしゃがんだ。

「大丈夫ですか？」

女の子のほうはまだ若いから、たぶん無傷か悪くしても軽傷だろう。だけど男の子はもしかしたら頭を打っているかもしれない。幼児は頭が重いと聞いたことがある。

「びっくりした」

女の子が誰に言うともなく口を開き、ゆっくり動いたその瞳が、僕を捉(とら)えた。心臓が大きく跳ねた。

瑚都！　まぎれもない、それはさっきまで脳裏に描いていた少女、花辻(はなつじ)瑚都その人だった。少女というより、もう一人前の女性だった。

控えめな茶色に染めた長い髪には、ゆるいウェーブがかかっている。まぶたはオレンジに色づいてふちに黒いラインが入り、まつげは放射状に上を向いている。かすかに開いた唇はつやつやしたピンク色だった。瑚都はきれいに化粧をしていた。

お堅め私立高校のきっちり着た制服に、髪を二つ縛りにした姿しか見たことがなかった僕は、瑚都の変貌ぶりに驚嘆(きょうたん)した。

家が近いおかげで、中高時代も、僕は何度か瑚都の姿を垣間見(かいまみ)ることがあった。最近、駅前の総合病院に隣接した公園にひとりで座っているところを立て続けに発見し、ひそかにラッキーだと感じていた。

女子って化粧をしたり髪の色を変えたりすると、雰囲気がぜんぜん違うんだな、と驚く。瑚都は幼く見えるタイプだけど、私服姿で年齢をいくつも重ねたようにぐんと大人びる。

同じ年には思えないほどだった。

受験が終わり、進路が決まった生徒から、いっせいに髪を染めたりピアスの穴を開けたりしはじめる。特に女子は化粧までするから、人によっては別人になる。

少し前、高校の頃の女友だちに街で偶然会った。おとなしめの女子だったのに、メイクにカラー、パーマ、ピアスも開けていて、一瞬誰だかわからないほど変わっていた。

「納得できるところに決まったんだ。大学デビューってやつよ」

ちょっと話したら、嬉しそうにそう笑っていた。

瑚都も、自分的に納得のいく大学に決まって開放的な気分に浸っているんだろうか。

「瑚都ちゃん、俺、添槇城太郎だよ、覚えてるか？」

歓喜に躍る脳に浮かんだその言葉は、使えるわけがない。

瑚都が僕を知っているわけはないのだ。僕はたぶん、この世界に存在しない。

現に瑚都は僕にはほとんど注意を払わない。倒れた男の子を気にしてしきりになにか話しかけていた。

僕が瑚都のことばかりを考えている間に、事態は少し進んでいたらしい。

「あの」

瑚都が話しかけてきた。

「ごめん、ぼんやりしてた。男の子大丈夫？　君も、怪我してない？」

「うん。わたしは大丈夫なんだけど、この子、どこから来たのかわかんないみたいなんですよ。保護者の方って近くにいないですよね？　迷子かも。警察に行ったほうがよくないかと思って」

男の子に視線を移すと、フィギュアをいじりながらも不安そうな表情をしている。

「ぼく、どこに行くの？」

「ともくんち」

「ともくんちはどっち？　お母さんは？」

「おかあさん、したくがおそいからおいてきた」

「…………」

思わず黙った僕に代わり、瑚都が聞いた。

「おうち、どっちかな？」

「わかんない」

困ったように瑚都が僕の顔をちらりと見た。

「ね？」

「とりあえず、立とうか」

男の子の腰に両手をそえて、人形を立たせるみたいにぽん、と地面に置いた。

「かっわいいね」

きょとんとした顔で、僕に立たされるままになっている男の子のおもちゃみたいな動作に瑚都は思わずふわっと笑った。白い歯が覗き、メイクして大人っぽくなった表情に一瞬で幼さが戻る。こういう顔、よくしてたよな、と懐かしさが胸を熱くする。この世界では瑚都が僕を知らないにしても、僕は今、彼女とこんなに近い距離で話をしている。

「大丈夫？　どっか痛いところない？」

「ない」

心なしか男の子のフィギュアを抱える両手に、どんどん力が入っていくように感じた。

「交番、あそこの交差点にありませんでしたっけ？」

瑚都が少し先の四辻を指さす。春には桜の並木道になるこの通りも、今はまだ細い枯れ枝が腕を伸ばすだけだ。

ここにも大きな川が流れている。少し先には古い製材所があるから、昔はこの川で材木を運んだのだろうか。傾いてきた陽によって、川面に光の道すじができていた。

「あったと思う」

僕と瑚都で男の子を挟むようにし、三人で広い歩道を歩き、川にかかる橋を渡る。

フィギュアを両手できつく握りしめた男の子の歩みは遅く、僕と瑚都が不器用にその歩調に合わせた。こんなに小さい子供には慣れていなくて、扱いがよくわからない。かわいそうに男の子の表情は相当に不安そうで、今や半泣きに近かった。

そこで、前から来た主婦っぽい女の人が不審そうな表情で立ち止まった。なんだろうこの人、と思いながらも立ち止まるその人の脇を、男の子を促（うなが）して通り抜けようとした時だった。

「……まことちゃん？」

名前に反応したのか、男の子がぱっとその人のほうを向いた。

「おばちゃーん！」

「知ってる子ですか？　さっき自転車と接触しそうになって転倒しちゃったんですよ。怪我はないらしいです。でも家への帰り方がわからないみたいだし、保護者の方も近くにいないから交番に行くところでした」

渡りに船、とばかりに僕が手短に説明した。

「うわあ。危ないわね。まことちゃん！　まーた勝手に出てきたでしょ？」

女の人が男の子に〝めっ〟の顔をしながら話しかける。

「かってじゃないよ。おかあさんのしたくがおそいからー、さきにともくんちにいくの

「どこかに行くところだったみたいですね。まことちゃん、やんちゃでよく迷子になるの。うちの近所の子で、下の子がまことちゃんと同じ幼稚園に通ってるのよ」

「そうなんですか。それはよかった。どこの子かわかって」

「わたし、中川（なかがわ）さんに電話してみますね。ちょっとまことちゃん見ててもらってもいいかしら？」

主婦っぽい女性はトートバッグからスマホを取り出した。

「はい」

そこで女性は電話をかけ、中川さんという、たぶんまことちゃんの母親であろう人と話をしはじめる。しばらくして通話を切ると僕たちのほうに向き直った。

「今、お母さんが迎えに来るわ。申し訳ないんだけど、もうしばらくまことちゃんと一緒にいてもらえるかしら？」

「はい……」

「前にもね。迷子になったことがあるのよ？　でもよかったわー、気がついて。うちの子もそうだけどこのくらいの男の子って動物なのよー！　あ、製材所の裏門のあたりってことで打ち合わせておいたから」

ちょうど製材所の裏門前を通過するところだった。

「はい」

一方的にまくしたてる女性に瑚都が押され気味に返事をした。

「ごめんなさいね。すぐ近所だから連れて帰ってあげたいところなんだけど、これから娘の塾に迎えに行かないといけなくて。終わったって連絡が入ったから遅くなると心細くなっちゃうのよね」

下の子がまことちゃんと同じ幼稚園で、上の子の塾のお迎えだったのか。女性はペコペコ頭を下げながら遠ざかっていった。警察に行くことになったら、調書とか取られるんだろうし、面倒が減ったといえば減ったのかもしれない。

ほんの五分待っただけでさっきの女性より少し年下かな、と思えるやっぱり主婦っぽい人が、通りを小走りで近づいてきた。あの人が中川さんだな。

僕たちの前で乱した息を整えながらまことちゃんに向かって言う。

「もう！　まことっ！　お母さんがまだ支度してるのに出てったら駄目でしょ！」

「だってぇー。おそいんだもん」

口では文句を言いながらも、まことちゃんの表情は明らかに安堵したものになっている。

中川さんが僕たちのほうに向きなおる。

「本当にありがとうございました。自転車に接触しそうになって転んだんですって？　誰かいなかったらその後パニックを起こしてたかもしれない。助かりました」

そこで丁寧(ていねい)に頭を下げられた。

「いえ。たまたま居合わせただけなんです」

瑚都が答えるけど、彼女は実際に自転車と男の子の接触を阻止している。瑚都がいなかったら本当に接触してもっと大事(おおごと)になっていたかもしれない。

「あの、お二人とも、よろしかったら、住所とお名前伺(うかが)ってもいいでしょうか？」

「汐波(しおなみ)一丁目の花辻です」

「枝浜(えだはま)二丁目の添槇です」

「これにメモしてくださる？　住所とお名前」

中川さんは使いかけのノートを出した。

「いえいえとんでもない」

お礼をしようと考えてくれていることがなんとなくわかる。だから正確な住所を知りたがっているんだろう。だけどそこまでしてもらうのも、僕も、たぶん瑚都も気が引けるし……面倒でもある。

「通りがかっただけですから、本当にお気遣(きづか)いなく」

と僕は口にした。

「若い方ってこういうの、面倒でしょうね。かえって申し訳ないわね。でもこういうこと、きちんとしないとわたしが主人に怒られちゃうんですよ。子供の非は親が謝るんだ、助けてもらった時にはお礼をするんだ、ってところを子供の頃からちゃんと見せておけ、って方針なんです。協力してもらえますか？　ね、お願い」

中川さんはノートを小脇に、ボールペン二本を指に挟んだまま、僕と瑚都を拝（おが）む形を作った。

そこまで言われたらもうどうしようもない。瑚都が先に渡されたボールペンを手に取った。瑚都は街頭アンケートのように立ったまま、名前や住所をノートに記入していく。氏名はやっぱり〝花辻瑚都〟だった。

ボールペンを握るのは左手で、そうだ、瑚都は左利（き）きなんだ、と思い出した。

そして、瑚都の左手の細い薬指に、リングが嵌（は）まっていることに気がついた。衝撃で僕は、持っていたボールペンを取り落としそうになった。

リングはシンプルだけどごつい。あきらかに若者がするペアリングのようだった。僕が着けているのと同じブランドかもしれない。瑚都のまるっこい文字を見つめながら、僕は深呼吸を繰り返していたらしい。

落ち着けって、城太郎。今隣にいるこの子は、そっくりだけど、お前が知っているあの瑚都とは別人なんだ。僕の世界にいて、僕と神社の中で一度だけ語り合ったあの子とは違う存在なんだ。彼氏がいたって悲しむことじゃない。

そこまで考えて、この世界の瑚都に今彼氏がいるなら、僕の世界の瑚都にも彼氏がいるのか。なんせこの世界、僕がいない以外はもとの世界とたぶん大差ない。

バド部の面々も同じみたいだし、優也(ゆうや)の性格もそれほど変わりはなかった。優也は僕と関(かか)わらなかったことでいいほうに変わった部分もあるみたいだけど、接した時間が短かったから実際はわからない。

瑚都に彼氏……。ここまで落胆するものなのかと自分でも驚きながら、どうにか記入し終え、それを中川さんに渡した。

「花辻さんと添槇くん……。花辻さん？」

中川さんは、ノートに書かれた文字と瑚都を見比べては何か考えていた。

「あなた、もしかしてフラワーベーカリーの娘さんじゃない？　双子の」

中川さんが瑚都に向かって話しかけた。

「そうです」

「まあ！　偶然！　わたし、あそこのパンが大好きなの！　よく利用させていただいてます」

「そうだったんですか。ありがとうございます」

瑚都は丁寧に頭を下げた。

「花辻さんもまことのお姉ちゃんと同じ小学校だったはず。お姉ちゃんが一年生の時、八年だった花辻さんがお世話係だったの。珍しい苗字だからあれって思ったのよ。うちのお姉ちゃんよく面倒見てもらって大好きって言ってたわ。あなたかしら？　双子のお姉さんか妹さんのほう？」

「姉の、緒都ですかね？　わたしがお世話係をしたのは男の子だったので」

ローカルな話題が続く。汐波小にはそんな制度があったのか。

「だけど最近、フラワーベーカリー休業が続いてて残念よね。なにかあったの？」

「……いえ」

「あ、ごめんなさい。これって個人情報よね。おばさん根性丸出しって思わないでね」

「いえ、そんなことないです。わたし春から大学生で、春休みなのでこれからは手伝えそうです」

「またお店、再開できそうなの？」

「はい。お店開けられる目途が立ちそうです。事情があって時間がかかったんですが、祖父が手伝いに来てくれることになりましたから」

「嬉しいー！　どうしたのかと心配してたの。おいしかったもんね」

「えー。あの、はい、ありがとうございます。ただもともと祖父の店だったので、そのー、以前の、母のパンと同じってわけには、いかないかもしれないんです」

　なんだか瑚都が歯切れの悪い物言いになった。

　瑚都の家はベーカリーをやっていたのか。僕もスーパーのベーカリー部門で働いているからパンについて多少の知識がある。作り方もわかる。話をひろげられそうだな、なんて邪（よこしま）なことを考える。

　その後、中川さんとまことちゃんは手を振りながら、ともくんの家に向かったようだった。

「家、ベーカリーだったんだね。送っていくよ」

　陽が落ち、すでにあたりは暗かった。六年前も瑚都を送っていったことがあったけど、あの時はだいぶ離れた場所からバイバイした。あたりは真っ暗だったし、店をやっているなんて知らなかった。

「ありがとう、ございます」

　さっきまではまことちゃんがいたり、中川さんがいたりした。いきなり〝二人っきり〟

がのしかかってきて急に緊張してきた。

「お店、開ける目途が立ってよかったね」

「そうなんですけど……なんかめっちゃ大変そうで、すでに折れそう」

　瑚都が墨色の空に向かい、両手で口を覆（おお）いながら気の抜けたため息を漏らす。

「なんで？」

「両親が当分帰ってきそうにないから。わたしがおじいちゃんの完全補佐でがんばらなくちゃ……って、思うので。店をお休みしてる間にバイトの人が全部辞（や）めちゃってて、一から募集のかけ直しだし」

　ゆきずりの僕なんかにそういう家の事情を話すって、瑚都は相当いっぱいいっぱいなのかもしれない。

　小六の時一度だけしかまともに話してないけど、瑚都の家もちょっと特殊なような気がした。だから双子の片割れである自分はいなくてもいいんじゃないか、なんて、突拍子（とっぴょうし）もない考えが浮かぶのだ。

「あのさ、俺、スーパーのベーカリー部門で高一からバイトしてたんだよね。あ、つい最近高校卒業したのね。パン工房でパンを焼くとこまでやってたから、多少だけど知識はある。バイトの人辞めちゃったんなら、もし、もし俺でもいいなら……」

「えっ！」

言い終わらないうちに、瑚都が大げさな身振りで僕のほうを向く。

「えっと、いや、その、俺も春休みでバイト探してるから」

「いいんですか？」

「うん……」

ってていうか、それ以前に金がないよな。家もない。瑚都の家でバイトをするまで僕、生き延びられるかな。

「えっと、いつ詳細聞きに来てもらえますか？　いつなら都合がいいですか？　おじいちゃん、まだ自分のほうのベーカリーを他の職人さんに引き継ぐのに、多少時間はかかるんですが」

「できれば、早い方が嬉しい、かも」

「うちもです。じゃ、明日はどうですか？」

「大丈夫」

「じゃあ一時に。えーと場所は……ここなんです。今送ってもらってるけど、明日も来られそうですか？　このへん、土地勘あります？」

瑚都はごそごそ鞄から財布を取り出し、その中から名刺を出してきた。店の名刺だ。品のある薄い水色にカリグラフィーのロゴが躍っているおしゃれな名刺だった。

〝花辻〟だからフラワーベーカリーだなんていたって単純、昭和っぽいレトロな店名にそぐわない名刺だった。瑚都か緒都が作ったんだろう。

「ぜんぜん大丈夫」

「よかった。じゃあ一時でいいですか？　わたし、花辻瑚都って言います」

「俺は、……添槇城太郎、って、言います」

瑚都の表情をじっくり窺(うかが)ってしまう。……無意味なんだった。この世界に、そもそも添槇城太郎なんて人間はいないんだろうから。瑚都にとっては〝今知り合った他人〟だ。

そう自分自身に言い聞かせているのに、瑚都の瞳に一瞬落胆の色を見た気がした。すぐに瑚都の視線は地に落ちて瞳は見えなくなり、結んだ唇が何かに耐えるように引きつれた。

え、なんだ？　今の瑚都の表情は。僕の願望？　見間違い？　たまたまの偶然だろうか。

短い間があってから、よろしくお願いします、と落ち着いた声が戻ってきた。

やっぱり僕のことは知らないよな。知るわけがないよな。

「ここなんです。小さいお店でしょ？」

瑚都の家に着いた。淡い水色のシャッターが閉まったままの店を前にちょっと驚く。看板だけしか見えないけど、思っていたよりずっと洗練された雰囲気だった。看板を見上げているとヨーロッパの朝の風景が目に浮かぶ。店の前はアスファルトの道路じゃなくて石畳が似合いそう。

　フラワーベーカリーって名前からして、もっと古めかしい店かと思っていた。

「おしゃれなお店だね。駅挟んで俺の家とは真逆だから知らなかった」

「お母さんがお嫁に来てしばらくして、両親の代になってから改装したの。お母さん、イギリス人とのハーフで、イギリスで育ってるからそっち方面のパンなんです。おじいちゃんの作る日本の風土に根付いたパンと違うから、そりが合わなくておじいちゃんは出ていっちゃったみたい」

「そうなんだ」

「で、事情があって今はお母さんがイギリスに里帰りしてるの。お父さんはその付き添い」

「ふうん」

「いろいろめんどくさい家なんですよ。添槇くん、嫌にならないかなあ」

「ならないならない」

　絶対。

「おじいちゃんがまだ来ないから店は再開できないんですよ。でもシャッターだけは開けておきます。ガラスの自動扉は電源を切ったままで反応しないから、一度玄関でインターフォンを押してもらえますか？　建物の横に自宅の玄関があるので」

「了解」

「じゃあ、明日、よろしくお願いします」

瑚都はぺこりと頭を下げて店の脇の細い路地へ向かおうとした。

「あ、花辻さん」

「え？」

瑚都がくるりと振り向いた。ふわふわの長い髪が冬の夜風にさらわれる。

「あのさ、タメ口にしない？　同い年みたいだし」

「ですね。……じゃなくて、そうだね」

「呼び方って……」

「瑚都でいいですよ。わたし、双子で姉も花辻だから。姉は緒都って言います。そんなわけで今、二人で暮らしてるんですけど」

「じゃあ瑚都ちゃん」

さすがに呼び捨てできるほど肝が据わっていない。

瑚都は笑って手を振り、暗い路地に消えていった。見慣れなくて、まだまだ違和感の強い私服の後ろ姿を見て言い知れぬ感情を抱く。この子は、僕が長年心にかけてきた子とは違うんだ。僕はこの子の今までの生活も知らないし、この子も僕を知らない。

たぶんこの子は、僕の知っている瑚都の分身。すごく似ているけど、僕の好きな瑚都とは違う。理屈よりも僕の心のほうが、それをよく知っているような気がした。

4

財布を開いてみると千百円しかなかった。パスモをもし持っていたら使えたんだろうか、と思いながら切符で改札を抜ける。向かうのはエリーの住む高級住宅街のある駅だ。

地図アプリが使えないここでは、さっきネットカフェで撮っておいた駅からの航空写真がものをいう。

ネットに上がっていたエリーの邸宅と同じ建物は案外簡単に見つかった。問題はどうやってエリーに会うか、だ。駒田航大（こまだこうだい）がいないことはわかっている。だったら正攻法でいくか。

でもたぶん、インターフォンの段階で門前払いを食らう可能性は高い。こんなに大きな邸宅だ。お手伝いさんを雇っていて、エリー本人と話もできないかもしれない。

エリーの邸宅を凝視（ぎょうし）しながら考える。ガレージには二台の車。たぶんまるっこいレトロなフォルムの外車がエリーので、後ろに交換用のタイヤがついたオフロード四駆が駒田航大のものだ。

考えた。どうすればエリーと一対一で会えるかを、あれこれあれこれあれこれ、脳が疲れ果てて音を上げるくらい考えた。そして一度身をひるがえし、もと来た道を走りだした。

コンビニが目的地だけど、走りながら、エリーと二人で会えそうな店はないかと左右にくまなく視線を飛ばす。さすがにコンビニでご対面じゃ、有名人のエリーには人の目が辛い。

コンビニのコピー機の前に陣取ると小銭を投入、メニュー画面で設定をし、すぐ起動できる状態にしておく。それからスマホの画像フォルダを漁る。

数日前、エリーとシーザーが最近一番熱中しているゲーム〝ロゼッタダイヤモンド〟で、エリーが、さんざん苦労した場面をクリアしたのだ。僕は受験が終わった日からそのゲームに参加して、今は三人でハマっている。

僕は一枚の写真を画像フォルダから拾って大映しにする。その日はエリーと僕で〝ロゼッタダイヤモンド〟をやり、クリアしたその難関場面をバックに二人で写真を撮った。興奮のあまり僕の首に片手をまわして自分の方に引き寄せ、反対の手で拳を振り上げている エリー。無理やり抱え込まれ、片目をすがめて口をひん曲げ、逃れようと奮闘している僕の写真だ。

スマホがスリープ画面になって真っ黒にならないうちに、とすぐさまコピー開始ボタンを押す。

スマホ画面をそのままコピーしたことなんかないから、どんな写り方をするのかわからない。でもネットが使えない僕のスマホでは、こうするより他にないのだ。

最悪、画面が黒いスマホのコピーとか……おう、こういう感じか。出てきたコピーを手に取る。

モノクロ画像だけど、どうにかエリーと僕だとわかる写真にプリントされた。ついでによくよく目を凝らせば、エリーの後ろのクリアした場面も確認できる。コピーに画像フォルダの色彩って反映されないのか。

その後、ボールペンと真っ赤なレターセットを買い、イートインコーナーでエリー宛に手紙を書いた。二人で話したいという内容で、会ってくれますように、と祈るような気持ちで文字を綴った。

僕にとっては祈りだけれど、エリーにとっては脅迫になってしまっているはずだ。それでも仕方がない。最後に添槇城太郎より、とたぶんエリーが知らない人物の名前をサインする。

エリーの家に引き返すと、ガレージに頭を突っ込む形で停めてある彼女のものらしい車のワイパーに、手紙と写真のコピーを挟んだ。

今日エリーが車を使わないまでも、外に出ることがあれば手紙と写真に気づくはずだ。なんたって真っ赤な封筒は遠くからでもかなり目をひく。角度的に道路からは見えないはずだから、駒田航大がいない今日、気づくとしたらエリーしかいない。

写真の加工なんかいくらでもできる。本物だと信じてもらえる可能性の方がずっと低い。もっと言えば正気じゃない、脅迫文だ、と思われて通報されるのがオチかもしれない。

でも、僕はエリーを信じたかった。大女優になっているといえども僕の知っているエリーと性格が同じなら、会ってくれそうな気がする。エリーの日記を見つけてから、今まで見てきた世界を信じられなくなってしまっている自分の心を、彼女が来てくれるなら、少しは取り戻せるような気がした。

エリーの家から徒歩一分。コンビニに行く途中にある公園のベンチに僕は腰を下ろした。三月末の午後七時。先月より、多少は温かい日もあるけれど、夜の寒さはまだじゅうぶん真冬並みだ。

途中、密会に適していそうな薄暗い店があるにはあった。だけどそこには必ず店主もいれば従業員もいる。せっかくこの世界で有名女優になっているエリーの足を、変なところで引っ張りたくはなかった。冬の夜のさびれた真っ暗な公園、しかも鬱蒼（うっそう）と茂った木の幹のまわりに設置されたベンチなら、誰かに見つかる心配は店よりも少ないだろう。

「さっびぃー」

モッズコートのファスナーを一番上まで閉めてフードをきっちりかぶる。僕はコンビニで買ったコーヒーの缶を両手でぎゅっと包み込み、手のひらを温める。コロッケパンをかじりながらぬるくなったそれを口につける。いつ以来の食事だろう。胃の腑が喜び踊るほど美味かった。

エリーが来るまでどのくらいここでこうしていればいいんだろうか。そもそも来るんだろうか。女優として成功しているエリーに会って、いったい僕はどうしようというんだろう。

僕を産んだのかどうか聞く？　僕はこの世界にいるのかどうかを聞くのか。

たぶん、もう出ている答えを。

来ないなら来なくてもいい。エリーも幸せだ。シーザーも幸せだ。優也は僕がいなくたってちゃんとやっていけるし慶應大学にも受かった。

見上げると冬の夜空にオリオン座がくっきりと見えた。その冴え冴えとした美しさに見惚れ、ぽっかり口を開けて呼吸する。闇に散った白い息を北風がさらっていった。

琥都にもう一度会いたいな。思い出すのは、受験を終えて大学生活に向けて変貌を遂げたさっき会った瑚都ではなく、もとの世界のまだ黒い髪を二つに縛った制服姿の彼女だった。

財布の残金は五百円を切り、ゲームオーバーも近い。それでも僕は、明日、瑚都の家のベーカリーに行く電車賃だけは残していた。

いじきたないのか、往生際（おうじょうぎわ）が悪いのか自分でもわからない。突発的とはいえ、自分なんか生まれてこなければよかったと思ったのに。そしてたぶん、僕がいないほうがまわりの人間の境遇は、はるかによかったと見せつけられているのに。ゲームオーバーを考えたくない。

「添槇、城太郎、くん?」

ぼんやりしてあれこれ考えていた僕の前に立っていたのは、まぎれもなくエリー、いや、添槇恵理子（えりこ）だった。闇にまぎれるような真っ黒のベンチコートを着込み、フードをまぶかにかぶってボリュームのある巻き髪を隠している。口元にはマスク。芸能人のお忍びスタイルはこういうものかと変に感心する。

僕はベンチから立ち上がった。

「そうです。来てくれると思ってなかったんで、嬉しいですよ」

僕の言葉には答えず、添槇恵理子は僕を、微動だにせず眺めていた。

「似てるわ……」

たっぷり五秒の空白ののち、添槇恵理子が呟(つぶや)いた。

「え？」

「なんでもないの。わたしに話があるんでしょ？　ここじゃあんまりだからうちに来て」

「えっ！　そんな、とんでもない！　芸能人のお宅になんて行けませんよ。ここで話そうと思ってたんです、最初から」

「わたしが寒いのよ」

キャラはちょっと違っているな、と思った。エリーは自分のことをわたし、とは言わないし、喋(しゃべ)り方ももっとくだけた若者言葉を使う。女子高生よりもっとふにゃふにゃだ。

添槇恵理子が先に立って歩きはじめた。僕がついてきているかを、時々振り返って確認する。

まさかと思うけど、と心配が鎌首(かまくび)をもたげる。添槇恵理子、この世界では月森琶子(つきもりわこ)というこの女優は、こんなに簡単に写真や手紙に釣られて見ず知らずの男を旦那のいない家に上げたりするのだろうか。

「言っとくけどね」

「はい？」

「こんなふうに知らない人をすぐに家に入れたことなんか、一度もないわよ」

　僕の頭の中の疑問を読んだかのようなタイミングで、添槇恵理子は怒ったように告げた。

軽い既視感に心が温かくなる。僕の母親であるエリーも、頭の回転は速いほうじゃないのに、なぜかここぞという時に人の心を読むような言葉を口にする人だった。

　吹き抜けをガラスの巨大シャンデリアが飾り、床は大理石というステレオタイプに豪華な玄関を抜け、通されたのは、リビング？　とも違う、もちろん寝室なんかじゃない、十畳そこそこの壁一面が鏡張りという部屋だった。大きなソファと、シンプルなテーブルと椅子のセット、それに天井まである備えつけの本棚で構成されている。

　本棚の真ん中の段は飾り棚にしているのか、花瓶に真っ白い百合が一本、挿してあった。たぶん舶来種のカサブランカリリーだ。

　バイトをしていたスーパーの中で、ベーカリーの通路を挟んだ場所が花屋だった。あまりに豪華で気になり、休憩で一緒になった時、わざわざ花屋のバイトの子から名前を聞いたことがある、あの花だ。

　長い茎に大輪の花が左右に二つ、波打つ花弁をそり返すようにして咲いている。花瓶の前には、真っ黒いつやつやした石でできた縦に長細い物体が置いてあった。

「仕事部屋みたいなもんかな。ここでセリフを覚えるの」

そのための、自分のポーズの確認のための鏡か。この世界のエリー、添槇恵理子は、本当に女優なんだと突きつけられたような気がした。

「…………」

「この家で唯一わたししか入らない部屋。って言っても旦那と二人暮らしだけどね」

「そう、みたいですね」

暗に自分に子供なんかいない、と宣告しているのか。

僕は手紙に、あなたの息子の添槇城太郎です、と単刀直入に書いた。平成何年の何月に妊娠しましたよね？　と。

その後、目の前にいる女優になった添槇恵理子、芸名月森琶子は、流産をしたのか堕胎をしたのか、それとも秘密裏に僕を産んで、僕はこの世界のどこかに存在しているのか。

添槇恵理子が僕の待つ公園まで来てくれるとすれば、それは十代での妊娠を嗅ぎつけたスクープ写真誌か何かの記者だと怯えてのことだと踏んでいた。

添槇恵理子は今、その事実をどう隠そうかと考えているのか。それともこの世界では、妊娠なんて事実はそもそもなかった？　違うよな。でなければ、夜の公園に有名女優が身を隠すようにしてまでのこのこひとりでやってくるはずがない。

添槇恵理子はしばらく僕に背を向け、本棚の本の背表紙をなでていた。

何を考えている。おどしに来たんじゃない、と告げたい。でも、本人を目の前にすると、どう切り出したらいいものかわからない。

「あの……」

ためらいがちに口を開いた刹那(せつな)、添槇恵理子がごく自然に振り向いた。僕たちは正面から対峙(たいじ)する。

「城太郎くんは……本当に、わたしの、息子なの？」

「はえっ？」

予期しない添槇恵理子の言葉に、口から意味をなさない音が漏(も)れる。

「どうしてそんなに驚いてるの？　さっきの手紙にはっきりそう書いてあったじゃない？あなたの息子の添槇城太郎です、って」

「そ、そりゃそうだけど、そんなの一発で信じるほうが異常……。有名女優なら脅迫だと判断するのが普通じゃないの、と思うけど。……思うんですけど」

「そうね。じゃ、一応聞いてみようかな。世間が知らないようなわたしの秘密って何か知ってるの？　親子として暮らしてたなら、ひとつくらいはある？　わたしが隠してるだろうな、ってことであなたが知ってる事実」

少し考えて口を開いた。これは公表していないんじゃなかろうか。

「デビューして間もないアイドル時代、あなたは目の整形をしてる。二重の幅を広げる手術」

　添槇恵理子は小首をかしげて顎に手を当てた。それからしばらくして答えた。

「ああ！　あったね、そんなこと。さすが息子！　合格よ、城太郎くん」

「いや、合格とか言われても……」

「あなたが手紙に書いてきた時期にわたし、確かに妊娠した。そして流産してしまった。安定しない時期に無茶なダンスの稽古をしたことによってね」

　流産。やっぱりこの世界に僕は生まれていなかった。でも、流産なんだ、一応。堕胎ではない。

　エリーの日記を読んでしまっている僕は、それでもその時期、目の前にいるこの人がどんな気持ちで激しい稽古に臨んだのかが、手に取るようにわかってしまった。

「わたし、並行世界ではちゃんと母親になれて、しかも息子である城太郎くんとこんなに仲良くできてるんだね」

　そう言って添槇恵理子は、僕がさっき手紙と一緒にワイパーに挟んだスマホの写真コピーを差し出してみせた。

　彼女の放った言葉の一点に耳が反応する。

そうなのかもしれないと、思いはじめていた。だけどまさか、まさかまさかそんなことが本当に起こる？　それを目の前のこの人はすぐに信じる？

「一緒にやってたんでしょ？　わたし、今は旦那とこのゲームにハマってるの。彼とはゲームの趣味が似てて意気投合してね、それでつき合いはじめて、で、結婚、みたいな」

添槇恵理子は、今度は僕に色鮮やかなイラストつきの本を見せた。ＲＰＧ〝ロゼッタダイヤモンド〟の攻略本だった。

金は腐るほどあるだろうこの世界の添槇恵理子がロゼダイをやっている。もう流行りなんかとっくに過ぎたゲームで、今これをやっているのは添槇家の三人くらいだと思っていた。我が家にと、エリーがクラブのママさんからもらってくるソフトはいつも流行りからワンテンポ遅れたものなのだ。

超自然の因果を感じる。

「わたし、この間、ロゼダイでものすごく苦労してこの場面をクリアしたわ。夜中にひとりで大興奮してた。旦那はロケで留守中だったのよ」

「…………」

「でも、どこかの世界では、わたしの隣には息子がいて、その子とこんなふうに大騒ぎすることができてたんだね」

　添槙恵理子は手にしたモノクロ写真にしげしげと見入った。

「並行世界だなんて。普通、そんなに簡単に信じるか？」

　当の僕が信じられずに、ここはどこだ？　ドッキリなんじゃないか、とずっと疑問だらけで頭がどうにかなりそうだっていうのに。

「信じてもらうためにこの写真を選んだのかと思ったわ。ロゼダイで、出てくるでしょ？　自分が生まれてない世界」

「そうなのか？」

「やだ、城太郎くん、やってたんでしょ？」

「いや、俺はついこの間まで受験で……。始めたのが数日前だから」

「その場面まで進んでないんだ？　並行世界を行ったり来たりする中で、出てくるよ。自分が生まれてない世界」

「…………」

　直感だった。この人は、僕の母親のエリーだ。異なる世界にいるもうひとりのエリー。言葉遣いや着ているものがぜんぜん違うせいで、印象は大きく違う。だけどゲームにハマり、ゲームに出てくる世界をすんなり信じる感性が、まさにエリーだった。

「城太郎って名前ね」

「え？」

「消えてしまったお腹の子につけた名前なの。なぜだか男の子の気がして仕方なかった。その名前で供養し、その名前から戒名をもらった。それは、わたしひとりしか知らない事実よ」

そう言って添槇恵理子は本棚の中段、大輪のカサブランカリリーの前から、つややかな黒い板状の石を取り出した。

「これって？」

「位牌よ。ある程度所得が増えてから供養したからそれなりに費用はかけられた。供養までに時間はかかってしまったけど、忘れたことは一日もない」

黒い石の表面にずらずらと漢字が並んでいる。これが戒名ってやつか。位牌ってこんなにモダンなものもあるのか、とその漢字の羅列の真ん中にある〝城〟という字を見つめながら場にそぐわない考えが浮かぶ。

「なあに？　その不本意って表情」

僕は斜め前方の床に視線を落とし、奥歯を噛みしめた。

「だって……」

産みたくなかったくせに。

「なによ。言ってみて？」

「…………」

「わかった。城太郎くん。自分の世界で、何かの拍子にわたしの当時の日記を見つけちゃったんでしょ？　読んだのね？　当たり？　これよね？」

添槙恵理子は花瓶の裏側から一冊のノートを出してきた。よく覚えていないけど、僕が盗み見る形になってしまったエリーの日記も、確かあんな感じのノートだった。

この世界の添槙恵理子も、当時の日記を今でも持っている。一輪といえどかなり高価なはずのカサブランカリリーで位牌を飾っている。その事実を救いのように感じ、僕の舌は滑りだしていた。

「大学に落ちて、自棄起こしてタンス蹴飛ばしたら壊れちゃって。だから、エリーとシーザーの段を抜いた。そしたら飛び出てた日記と、あと写真を見つけた。たぶん『硝子の森』のオーディションの写真」

「これのことね？」

「……うん」

日記の中から添槙恵理子は古い写真を抜き出した。

「そうかー。どういう経緯で城太郎くんがこの世界に来ちゃったのかわかんないけど、母親をエリーなんて呼ぶほどわたしたちは仲がよかったのか。悔しいな」

「………」

「日記を読んじゃった城太郎くんが、どう思ってるのか想像はつくよね。わたし、ひどいこと書いてたもんね。幼くて、なんにもわかんなくって……。ああ、こんな言い訳はやめよう」

添槇恵理子は後ろを向いてノートをもとに戻すと赤茶の髪を両手でかき上げた。その髪の色は僕の世界のエリーと同じだった。

「信じてくれないかもしれないけど、流産したくなかった。激しいダンスの稽古の後、倒れて出血して……。入院になったの。危ない状況が続く中、わたしはベッドに横たわってひたすら神様に祈っていた。お腹の中の命を助けてください、って」

「嘘だ」

「信じてもらおうとは思ってないってば。これはひとりごと。何日か頑張ったけど、結局流れてしまった」

「……そうなんだ」

「あなたの世界の添槇恵理子は、小さなあなたを抱くことができたのね。あの状況で助かることはとても難しいと慰められた。でもあなたのエリーは、それができたんだわ」

「芸能界での成功と引きかえにな。引退してキャバクラで働きながら俺を育てた」

「自分のことながら立派だわ。ねえ、弟がいるの？　わたし、もう一人産めたの？」

「え？」

「シーザーって、さっき言ったわ」

「あれは、預かってる子だよ。今じゃ弟みたいなもんだけど」

「そうだったの。楽しそうだね」

「あなたこそ。人気俳優の駒田航大と結婚してるじゃん。俺の母親はいまだに独身だよ。金を稼いで俺を育てることに必死で、たぶん、恋愛どころじゃない」

「切迫流産の入院。あそこが分岐点だったんだね……わたしの子」

目を伏せて、添槇恵理子は黒い石の位牌をなでた。

「結婚してるんだから、これからいくらでも産めるじゃん」

「産めないのよ」

「え？」

「あのひどい流産で卵管が片方癒着しちゃったの。大役で、忙しくて、放置してたら手遅れになっちゃって。自然妊娠じゃ難しい」

「…………」

「それに、もし産めたとしてもこの子とは違うわ。わたしの城太郎は生き返らない」

視線は黒い石の位牌に落ちる。僕はこの世界では位牌だった。

「……それは本音？」

「本音よ。でも、信じてもらおうとは思わないって何度も言ったわよ。虫がよすぎるもんね」

「だけど」

「そうよ城太郎くん。あなたが生まれていたら、わたしは女優になれなかった。今、どっちか選べと言われても、わたしにはきっと選べない」

綺麗なだけの言葉じゃないものが流れてきて、やっとこの人の言っていることに真実味を感じた。

エリーは僕が生まれてから、この子がいなけりゃ女優として成功していたのに、と考えたことはなかったんだろうか。客観的に見てそんなことは無理だと目の前にいる存在そのものが語っている。夢を叶えて成功を勝ち取り月森琶子となった添槙恵理子と、僕の実の母親のエリー。考えていたことは同じなんだろうな。

それでも添槙恵理子が、亡くしたわが子を思う気持ちに嘘があるようには見えない。実際、ワイパーに挟んだ手紙を見つけてから僕を迎えに来るまでの短い時間で、〝城〟の文字の入った位牌を用意できるはずもなければ、そんなことになんのメリットもない。

「こんなことがあるのね。これはわたしにとっては人生最大のプレゼントよ。生まれなかった自分の子に会えたんだから」

「厳密には――」

「あっ。もちろんわきまえてる。厳密には、他の世界のわたしが産んだ、他の世界のわたしの子」

「うん」

「でもね。その一方で当時の日記も写真も、あなたに見つかる可能性がゼロじゃないのに手元に置いたあなたのエリーの気持ちがわかる……って言ったら怒るかな。きっといつかあなたにもわかる日が来るかもしれない」

「…………」

「自分が一番輝いて、自分だけのために頑張った歴史をエリーは捨てられなかったのよ。どうかエリーを許して。わたしが謝るわ」

　添槇恵理子は頭を下げた。

「……そういうもんか」

確かに貸金庫だの、そんな類のものを借りる余裕はうちにはない。自分の下着の奥にでも突っ込んでおくほかなかったってことか。

「城太郎くん、お願いがある」

「なに？」

「わたしとも、一緒にやってくれないかな」

添槇恵理子は優美な顔の横に〝ロゼッタダイヤモンド〟の攻略本を持ってきて、いたずらっぽく振った。


それから僕は、この世界の添槇恵理子と一緒にロゼダイをやった。進み具合がエリーとまったく同じだった。社会的地位も所得も、所作や雰囲気まで天と地ほどの差があるのに、こんなところが一緒なのが、なんの嫌味だよ、と愚痴りたくなるほど奇異だった。

コントローラーを両手で握りしめて、あぐらをかき、前傾姿勢で画面を食い入るように睨むそのスタイルもエリーにそっくり。

妙にハイテンションの添槇理恵子に、クラブのママ補佐として夜通し働くエリーを重ね、紡ぐ言葉に恨み言がにじんでしまったのかもしれない。

「エリーと違ってわたしがなんでも手に入れた、みたいに言われるのは心外だな。エリーが持っている最大の宝をわたしは持ってないんだから」

僕のほうを見ずに添槇恵理子がそんなことを呟いた。

「エリーはあなたと違って何も持っていない」

「ばかね。それ本気で言ってる？　エリーの宝は城太郎くんでしょ？」

僕は黙って首をゆるく横に振った。

信じられなくなったから、たぶん僕はこの世界に来た。エリーは僕を産みたくなかった。それが、今まで築いてきたものすべてが成層圏まで吹っ飛ぶくらいのショックだったのだ。

いい歳をしてなにをマザコンみたいなことを吐かしてるんだ？　と鼻で笑われそうだけど、残念ながら、認めたくないけど、僕には、多少マザコン成分が含まれてしまっているのかもしれない。

だって子供の頃からむちゃくちゃ苦労して僕を育てる母親の姿を、目の前で見てきた。頭を抱えさせられたエリーの衝動買いは、全部僕のブランド服だの流行りの遊び道具だのプレミアのついたカードだの、時が過ぎればいらなくなるものばっかりで、自分の好きなものは何ひとつ買おうとしなかった。

こっぱずかしい話、それほど愛されていると信じて疑わなかった母親が、実は僕をいらないと思っていた。あの時はあまりのショックで成層圏に吹っ飛んだけど、目の前の添槇理恵子を見ながら若き日のエリーを想像し、こういう未来の可能性もあったのかと思えば堕胎を考えるのもわかる気がしないでもない。

だからショックが薄れるかと問われれば微妙としか答えられないけど。ガキだと言われようが僕にとっては、それは絶望的な真実だった。

でも、時の波が少しずつさらっていける種類の絶望なのかもしれない、と思えるようにまでなってきている。そういう自分に気づく。

僕がコントローラーを握ると、横顔に複雑な色合いの熱い視線を感じる。愛情と愁傷(しゅうしょう)が堰(せき)を切って流れ出し、それが混ざり合った悲しい色の視線だ。

ふと気になって聞いてみた。

「駒田航大さんは知ってるの？　恵理子さんが子供を産めないこと」

「彼はすべて知ってるわ。十代のわたしの妊娠と流産のこともね」

「そっか」

十代の流産のせいで不妊になってしまったエリーの分身。そんな彼女のすべてを知ったうえで悲しみを受け止め、包み込んでくれる相手がこの世界にいてよかったと、心の底から思えた。

僕はその夜、添槇恵理子とキッチンに並んで立ち、彼女の作る料理の手伝いをした。あまりの手際の悪さと調味料の分量のありえなさに、ここにもエリーを発見する。僕は時短でできる料理を二品教えた。

　それをだだっぴろいリビングにあるダイニングテーブルに運ぶ。皿を両手に持った僕の後ろから添槙恵理子が声をかけた。

「このブランドってそっちの世界でも流行ってるんだね。城太郎くん、アクセサリーしそうにないタイプに見えたけど、やっぱり現代っ子だね」

　僕が料理のために外したCrossroadsのリングを親指と人指し指で挟み、眺めている。裏には小さくCrossroadsの文字が入っているから、ブランドに気づいたんだろう。

「ああ、これね、これは中学の部活が終わる時にね」

　一通り、なぜ嵌めているのかの説明をした。

　ここ一番の時にしか嵌めないリング。今日はこのリングに頼った合格発表だったよな、とずいぶん昔のことのように思い出した。明日、瑚都に会うことになっている。男がリングって、瑚都はどう思うタイプなんだろう。今は普通に誰でもしているしな、とぼんやり考えながら、リングはジーンズのポケットにしまった。

　添槙恵理子の作った味の濃すぎるポークチャップを食べながら、彼女の最近の舞台稽古の話を聞く。調理の雑さから、もしかして、と思っていたけど、添槙恵理子の作ったポークチャップの味は、エリーのものと驚くほど似ている。

僕が教えた豚キムチとレンジでやる茄子の焼き浸しは、エリーの大好物だった。案の定、まんざらお世辞でもなさそうな絶賛の言葉をいただく。

風呂に入らせてもらってから、二人で夜通し〝ロゼッタダイヤモンド〟をやる。確かに並行世界を行き来するうちに、自分の生まれていない世界をゲームの中で体験することになった。

エリーではないエリーの分身、添槙恵理子と過ごす時間は、僕にとって、なんとも表現しがたい、奇妙にも心地よいものだった。

自分が堕胎しそこなった子供だと知った時から、体中の筋肉が石のように硬直していた。喉の筋肉までもが固まってしまい、うまく呼吸ができない。それがわずかに、ほんの少しだけ、緩んだような気がする。

日記で読んだ事実が変わったわけじゃないけど、事実の裏に事情があり、そこには感情、言ってみれば心がある。僕を堕胎するの流産するの、というエリーの事情には、とてつもなく強い心が存在し、彼女の行動を左右していた。

そしてやっぱり、ここは僕の生まれなかった、僕のいない世界だったのだ。確証がなかったたけで、たぶんわかってはいた。

「アナザーワールド」というサイトから本当に他の世界、しかもその時の状況で強く願ってしまった自分が生まれていない世界に来てしまった今の自分。

そんな僕をこの世界の添槙恵理子はまるごと信じてくれた。それこそ、普通だったらありえない、まさに奇跡のような事象で、幸運きわまりないことだった。

家もないんだろうからお金もないよね？　と添槙恵理子は当面の生活資金だと封筒を手渡してくれた。中を確かめてびっくりする。少なくない枚数の万札が入っていた。おそらく十万円くらい。

こんなにもらえない、と一度は受け取ってしまった封筒を添槙恵理子に差し出すと、僕の手ごと押し返してきた。

「本当は家も提供したいの。それならこんなにお金は出さないよ。わたしも安心だし。でも……明日には旦那が帰ってくるから、そういうわけにもいかないの」

「そりゃそうでしょ」

「そのくらいないとビジネスホテルにだって泊まれないし」

「……うん。ありがとうございます」

結局僕は、添槙恵理子の厚意に甘えることにした。

「帰るよね？　城太郎くん」

　最後に添槙恵理子はそう聞いた。

「わたしの本音は、旦那にすべてを打ち明けて一緒に暮らしたいよ。でもって、それは時間をかけて根気よく説明すれば、信じてもらえるんじゃないかって気もするの。だけどそれは、しちゃいけないことだと思うんだ」

「そんなの当たり前だよ」

「たぶん城太郎くんの言う当たり前、意味違うよ。城太郎くんが帰る場所はここじゃないから。帰り方、わかるの？　それともこれから探るの？」

「…………」

　僕のスマホはネットにはつながらない。だけど、不思議なことにひとつだけつながるサイトがあると、この世界に来て、それこそすぐに気づいてしまっていたのだ。

5

　次の日、添槙恵理子に見送られて、瑚都との約束の時間に間に合うように、彼女の豪邸を出た。添槙恵理子に背を向け、駅に向かって歩く。だいぶたって角を曲がる時、横目で確認したら、彼女は心もとなさそうにまだ家の前に立っていた。

　電車を乗り継ぎ、もとは自分が暮らしていた街に戻ってきた。駅から僕のアパートと反対方向に瑚都の親が経営するフラワーベーカリーはある。

　昨日瑚都を送っていった店の前まで来る。瑚都が言ったようにシャッターが閉まったままだった。店がやっていないのに働くことがあるのかな、と思いながら、建物の脇の路地へ入り、玄関に向かう。

　大きく三回深呼吸してから呼び鈴を鳴らした。全面ガラス張りの店の正面が、大きく開くようになっているのに対し、こっちは門もない勝手口のような玄関だった。

「はーい」

中から瑚都の明るい声がして、玄関扉が内側から外に開かれた。

今日の瑚都もきれいに化粧していた。ベージュのトレーナーにジーンズと、昨日よりも服装がラフで、茶色い髪も後ろでひとつに結ばれている。それほど華やかじゃないのに私服の瑚都は妙に大人びていて、それに軽い困惑を覚える。当たり前か。昨日と今日と、まだ二回しか会っていない。

でも、なぜだろうと思うほど違和感がある。違和感というか……自分の中で納得がいかず、うまく消化できない。何に違和感があるのか、何に納得ができないのか、そこからしてわからないのだから話にならない。

きっと茶髪できれいにメイクをした瑚都にまだ馴染めないのだ。

「添槇くん?」

「あ、ごめん」

玄関口でぼんやり考え込んでしまったらしい。

「お店、今開けます……じゃなくて、開けるね。ごめん、もう一度表にまわってもらえる?」

「了解」

敬語を訂正した瑚都に、距離を縮めようとしてくれているんだ、と嬉しい気持ちが湧いてくる。僕はさっき通り過ぎた店に戻った。

瑚都がガラスの自動扉の鍵を外して、スライド式のそれを手動で開けてくれているところだった。

瑚都の薬指に今日もシルバーのリングが光っている。嵌め慣れたリングのように馴染んでいる気がして凹む。たぶん昨日会ったばかりのこの瑚都に惹かれてのことじゃない。目の前の瑚都に大きな好感は持つものの、胸が切なく痛む感覚もない。

ただ目の前の瑚都がリングをしているということは、自分の世界の、何年も僕の心を摑んで離さないあの子の指にも、同じものが同じように、そこに馴染んだ輝き方をしているんじゃないかと考えてしまう。苦しい。すごく、苦しい。

「ありがとう」

手動で開けてくれたお礼を言う。

「いいえー、あ、こっちこそありがとう」

中に入り、今度は僕が自動扉を手動で閉める。初めてやったけど、すごく重い。

振り返って息を飲んだ。

瑚都！　えっ。瑚都が二人！

「あの、びっくりするよね。わたし双子なの。こっちは姉の緒都」

いしか違いがない。

そこに消え入りそうな様子で立っていたのは、瑚都にそっくりの容姿に、これまたそっくりのトレーナーにジーンズ姿の女の子だった。トレーナーの色が薄い黄色だというくらいしか違いがない。

緒都か。瑚都に一卵性双生児のそっくりな姉がいるなんて、僕には慣れ親しんだ事実のはずなのに身を引くほどぎょっとした。緒都のほうはメイクなしに黒い髪のままで、僕の知る瑚都のほうにそっくりだったからだ。

高校生になってから二人一緒にいるところを駅で見かけたことは何度かある。制服は違えど、二人とも長い髪を両サイドで結ぶという同じスタイルだった。

高校生になった二人のことも、僕ははっきり見分けることができた。制服じゃなくてもわかる自信があった。だから緒都を見て瑚都かと思った自分にびっくりした。

受験が終わり、高校も卒業した今、瑚都のほうは大学に備えておしゃれをはじめ、緒都はそのまま……。ここにきて初めて二人に違いができているのかもしれない。

緒都は、僕に頭を下げ、顔を上げると、そのまま何をしたらいいのかわからないような様子でまっすぐ前を見ていた。当然正面には僕がいるわけで、視線もばっちり合っている。だけど視線はぶつかっていない。

緒都は空を見ていた。その瞳には、強いのか弱いのかわからない底知れない未知の光があった。怜悧な、刺すようなものじゃない。でも引きずり込んで目を逸らすことを許さないような……そんな不可解な光だった。

「僕は、添槇城太郎です」

数秒、おかしな間があいてから僕は頭を下げた。

緒都は、挨拶をするとすぐにバックヤードに引っ込んでしまった。きっとそっちに自宅に通じる通路か階段があるんだろう。

「緒都ちゃんは、そのままなんだけど……なんだろ、なんか変わったのかな」

緒都の背中を見送り、われ知らず呟いていた。

「えっ？」

「あ、いや、なんでもない」

思わず〝緒都ちゃん〟と、名前が出てしまったのを瑚都は不審に思ったのか、こっちが飛び上がるくらい仰天した声をあげた。

「えと、わたしのこと名前で呼んでくれるって言ったから、緒都のこともそうしてくれると嬉しい」

「そうか、そうだね。じゃそうする」

「なんか、ごめんね」

「なにが?」

瑚都はうつむき、乱れてもいない髪をなでつけながら、言葉を選んだ。

「緒都、様子が変でしょ? 最近、心身に異常をきたすような悲しい出来事があって、ずっと部屋に籠ってるの。城太郎くんのことは、話してあったんだけど、ちゃんと挨拶に降りてきたの、ちょっとびっくりした」

「そうなんだ」

「うん」

だから雰囲気が変わったような気がしたのか。

「大丈夫だよ」

「え?」

「何があったのかはわかんないけど、なんていうのかな、死んでるような目とは違ったよ。今は気落ちしてるのかもしれないけど、ちゃんと立ち直る」

自分でも無責任なこと語ってんな、とは思った。だけど、絶対に緒都の目は死んでいなかった。心身に異常をきたすような悲しいこと、って、例えば今の僕みたいに天地がひっくり返るような、いままで白だと信じてきたものが黒だったような、そんな種類のことだろうか。

　僕はたぶん、自分の身に起こった青天の霹靂に、今の緒都の様子を重ねて考えてしまっていた。

〝他の世界、他界だろ、見とけよ死んでもいいぜ〟と半ば自棄になって、普段なら視界に入れるのも不愉快に感じるようなサイトの枠に触れてしまった、そんな自分自身に重ねて考えていた。

「そうか。他人が見てそう思うなら大丈夫なのかな」

「なんとなくだけど。俺の直感って……当たったっけな？」

　ボケたわけじゃないけど、素直にどうだっけ？　と考えてしまった。

「おっかしいの、城太郎くん」

「城太郎くんって呼んでくれた」

「あれっ？　つい？」

　瑚都は照れ隠しのように大げさに首を傾けてみせた。

「添槙くんよりそっちのほうがいいな。俺、ガキの頃からこういうナントカ太郎って名前にありがちな、太郎抜かしで呼ばれるよ。あだなが城」

「えーそっか。うーん、さすがにすぐは難しい、かも」

「そりゃそうだよね。徐々にね」

　僕だって、名前って言っても、瑚都ちゃんと、ちゃんづけでしか今は呼べない。

「でもそう言ってもらえるのは嬉しいよ。城太郎くんもわたしたちに少しずつ慣れてくれるといいな。気落ちしてる緒都のことも気にかけてくれてありがとう」

「いや、関係ない俺が口を挟むことじゃないよね。二階が居住スペースなの？」

　もう話題を変えたくなった。

「うん。今は二人で住んでるの。両親イギリスに行ってるから」

「ああ、そうだよね。それでおじいさんがパン職人として来るんだよね？」

「うん。だから、おじいちゃんがここで仕事してた頃の写真をもとに、おじいちゃんが使いやすいようにできるだけ変えておこうかな、と」

　なんだか変な話だな、とちらっと思った。親が当分帰ってきそうにない、と最初に聞いた時に無意識に感じていたことを、今はっきり認識したのかもしれない。

　当分、って、どういうことだろう？　親が十八の娘を二人置いてイギリスから当分帰ってきそうにない。そこまでならまだわかる。もう大学生だから、二人でアパート住まいだと思えばいい。

　だけど、家を改装してまでおじいさんがベーカリーを引き継ぎに来る、ってどういうことだ？　娘二人の学費、生活費、それはおじいさんがこのベーカリーを経営してまかなうってことだろうか？　だから瑚都はおじいさんの完全補佐で頑張る、と？　そういうこと？

　無関係の僕が立ち入っていい話じゃないから、心配だけどそれ以上は聞けない。

　それから僕と瑚都はシミだらけのセピア色の写真を見ながら、まずパン工房から以前の形に似せようと奮闘を始めた。

　瑚都は二人分のマスクを用意していて、トレーナーは肘の上までめくり上げ、やる気だけはじゅうぶんだった。長い髪も昨日のゆるふわと違って後ろできつく縛ってある。

「瑚都ちゃん！　業務用オーブンはそんなとこ無理やり引っ張って、万が一歪んだら大変だから」

「えっ、そうなの？　だって裏側とか真っ黒だし」

「いやいや。扉は温度調節の要だよ」

　僕たち二人は重い業務用のデッキオーブンを動かそうとしていた。

　おじいさんが使っていたデッキオーブンは、埃をかぶって隣接の納戸のようなところに押し込まれていた。パン工房の一番いい位置には今、立派な窯が据えられている。ケースに蓋をしないで焼く、イギリスパンのための窯だ。

瑚都と二人で、とりあえずデッキオーブンを物置から引っ張り出そうと奮闘し、撃沈中なわけだけれど、二人とも今やっていることが果たして正解なのかどうか、それすら自信がない。自信がない以前に重くて動かない。ちょうどいいとも言える。

「瑚都ちゃん、これ実際難しいよね、使う職人さん本人がいない状態で再現しようって」

「そうだけど……」

瑚都は不服そうに唇を尖らせた。この癖が、小学生の頃からのものだと僕は知っている。

「おじいさん、いつ来るの？」

「おそくても一週間後には来ると思う。今自分の店の引き継ぎ中。業界ではそこそこ名前が知れてる人みたいだよ、知らない？　花辻京三っていうの」

「悪い、知らないな。俺バイト二年やったからさ、パンの焼き方はわかるんだよ。けどそっち方面で誰が有名とかは、ぜんぜんなんだよな」

「そうか。パン工房でバイトなんて珍しいから少しは興味を持ってるのかな、と思ってたけど、そういうことじゃないんだね？」

「単に時給がいい。しかも独立した専門店のパン屋じゃないんだよ。勤めてたスーパーがたまたまベーカリーもやっててさ、配属がそこだっただけなの。力仕事が多くて時給がいい」

瑚都はぷっと噴き出した。

「なに？」

「今のセリフ、時給がいい、が二回も出てきた」

「死活問題」

「……だったのか」

「ん？」

「なんでもなーいっ！　さて、じゃあどうする？　もとにわかパン職人としてはどうするべき？」

「職人まではいってないって」

「はいはい。じゃもとパン工房バイト兄さんとしてはどうすべき？」

僕はまわりを見渡した。

「とりあえず、できそうなのがあっち？」

レジまわりとパンを置く棚のあるフロアを指さした。

一階はパン工房と店内フロアと事務所とトイレ、納戸、あとは住居だった時のなごりなのか、コンパクトなダイニングキッチンがついているようだ。一階はすべて靴のまま行き来できるようになっているようだ。

「そうだね。あそこをおじいちゃんがいた頃の形に戻すだけでも一仕事だよね」

瑚都は店内フロアを眺めながらため息をついた。写真と棚の配置がぜんぜん違った。

これはこれですごく現代的でかっこいいと僕は思う。そのままにしてもいいんじゃないか、それこそおじいちゃんと相談でも……と思ったけど、おじいちゃんの心情的にこの形はまずいのだろうか。それにフロアを改造する仕事もないとなると、おじいちゃんが来るまでの僕のバイトもなくなってしまう。

「このままのほうが洗練されてはいるんだよねー」

写真を見ながら瑚都が顎に手をやり、考え込むように呟いた。

「だよな。俺もそれは思う。ただおじいちゃんがこの形に『俺は追い出された』って意識を持つのも嫌だよね。店の形が変わってから来たことあるの？」

「あるよ。お母さんは店の名前まで変えようとしてたけど、それはおじいちゃんだけじゃなく、お父さんも反対したの。お父さんが板挟みって感じだった」

「わかった！」

「え？」

「このフロアは瑚都ちゃんが考えればいいんだよ。おじいちゃん時代でもない、お母さんの作ったイギリスパンのお店とも違う。瑚都ちゃんの形」

「えー。そんなのいいのかなあ。美的感覚ないし、空間デザインみたいな勉強もしたことないよ」

「若い子の感性のほうが受けるでしょ」

「うーん……。でもおじいちゃんの時代のこの形は……確かにないかも。いやでも、逆に新しい？　レトロってやつ？」

　セピア色の写真の中には、真正直に陳列棚が並んでいるだけの面白みのないスペースが広がっている。

「いや、古いだけ」

「はっきり言うなあ、城太郎くん」

「なあ、いろいろ研究してみようよ。今はネットだってあるんだし」

　そう言って自分のスマホを出そうとして、そうだった僕のはつながらないんだ、と尻ポケットから手を引っ込めた。

「そうだね」

「検索してみようよ、おしゃれで流行(はや)ってるベーカリーがどんなフロアになってるのか」

「うん、じゃあ奥の事務所まで来て。パソコン立ち上げるよ」

「え、待って」

さっさと歩きだした後ろ姿を見ながら、そんな大掛かりにしなくてもまず瑚都のスマホで探してみれば、と言いかける。その後から、そうか、それだけ僕の案に乗り気ってことなのかと気持ちが弾んだ。画面は大きいほうがイメージが摑める。ちゃんと探すならパソコンのほうがいい。

「城太郎くんも見てみてー。今立ち上げたから」

パン工房の片隅にある開けたままの扉の中から声がする。そこを事務所として使っているんだろう。

瑚都がパソコン画面の前の椅子に座ってマウスを握り、上目遣いの思案顔になっている。

「どんな感じ？」

「やっぱり有名なベーカリーはフロアも素敵なんだけど、フランスとか北欧とかイギリスとか。外国のパンを扱うところがほとんどなの。こんな感じ」

瑚都が身体をずらし、僕に画面がよく見えるようにした。

「うーん」

ベーカリーの内装や、どこの国のパンが主体だとか、考えたこともなかったからな。

「ね？　お母さんの作った内装っぽいのが主流でしょ？」

「ちょっと待って」

瑚都の検索ワードは、ベーカリー、人気、有名、だった。

そうそうたる店がヒットしているに違いない。看板から外装からフロアにいたるまでが洗練されつくしていて、ついでに値段も目玉が飛び出そうなほど高い。

検索ワードを、食パン、有名に替える。おじいさんの作るパンはケースに蓋(ふた)をして焼く、日本に根付いた四角い食パンなんだろう。

「うわ!」

「おおっ」

「ベーカリーで和風の店ってあるんだね」

「そうだな。ここととかどうだ?」

人気の食パンを順々に紹介していくサイトに貼られたURLから、店名に漢字を使っている店のホームページに飛ぶ。

「わあー。こういうのも素敵だね。籠(かご)を使ってるのも落ち着いた感じ」

バタールやバゲットが籠に差してあって焼きたてのいい匂(にお)いを振りまくイメージなのに対して、ここは食パンのしっとりもっちりした手触りが思い浮かぶ。

「竹籠使ったら?」

「和紙もいいかも」

「食パンと総菜パンもうまそうに見えるよ」

「おいしいよ、おじいちゃんのパン。お母さんのパンもおいしかったけど、おじいちゃんの食パンも、昔ながらの安心する味で、すごくおいしい」

「うん。わかるよ。瑚都ちゃんのおじいちゃん、有名なんでしょ？」

「うん」

「なら大丈夫。外国っぽくしなくても、おじいちゃんのパンのよさを表現できる内装を考えて、待っててあげるのは瑚都ちゃんの役目でしょ」

「そうか。そうだね。やる気出てきた」

「よかった」

そこで瑚都は向きを変え、フロアの一方向を指さした。

「あのさ、真ん中に柱があるでしょ？　あの丸くて太い、円柱みたいな柱。あれって構造上なくてもいいものらしいんだよね。お母さんが作らせたの」

「なるほどな。パンの棚を増やすためってことだろ？　あの柱のまわり、ぐるっと棚があるもんな」

「おじいちゃんのパンは食パンがメインで、あとは総菜パンがいくつかだから、あんなに棚はいらないの」

「なるほどな」

「前から思ってたんだけど、あの柱があると向こう側が見えなくて、店内が狭く感じるんだよね。あれ、どうにかならないかな？」

店内のほぼ真ん中に瑚都の言う柱はある。直径一メートルは越える太い柱がなくなれば、確かに今よりずっと開放的になりそうだ。

「構造上、いらないもので、あとから付け足したなら取り払えるだろ。俺でできるかな？」

僕は店内フロアに取って返し、その柱がどうなっているのか調べた。中は空洞で、上と下を溶接してあるだけらしい。

「どんな感じ？」

柱の前にしゃがみ込み、溶接面をふにふに押して考えている僕に、上から瑚都の声が降ってくる。

「たぶん俺でもイケるんじゃないかな。俺んち古いアパートでさ、しょっちゅうあちこち壊れんのよ。使いやすく変えたりもしてきたしな。大家も勝手にやってくれ、ってタイプだったから」

「うわーっ。心強いー！」

瑚都は胸の前で両手を組み合わせ、それを前後に振って喜びを表した。

「金かけたくないもんな。改装業者とか入れたくないだろ？」

「無理！　そんなお金はありません！　でもお父さんが店を改装するならここの預金を使え、って、おじいちゃんに渡すための通帳をひとつ預かってるから、そこから少しは使える。竹籠買ったり、和紙を買うくらいはできる」

「そういう金が少しでもあるのとないのじゃぜんぜん違うだろ」

「ね！　めっちゃ楽しくなってきたー」

「俺も」

自分の思うように店を変える。イギリスブレッドが主流だった華やかでハイセンスな店から、食パンをウリにしたしっとり和風モダンな空間に変えるのだ。

その日、瑚都と僕は事務所から、店内フロアに置いた簡易テーブルの上にパソコンを持ち出し、参考にできそうな店とこの空間の変更案をいくつも出し合った。瑚都のイメージするスケッチを、俺がパソコン上で三次元に再生してみせる。

「なんか……城太郎くん、めっちゃすごくない？　なんでパソコンでそんなことできるの？」

「趣味だから。プログラミングまでやっちゃえる」

僕の家にあるエリーがクラブのママからもらってきたパソコンより、ずっと動作が速いし画像が美しい。瑚都のイメージ空間の再現も、ゲーム感覚で夢中になってしまいそう。

「ＤＩＹもできるしパソコンも使えてパンも作れるって……強すぎない？　わたし優良物件スカウトしたの？」

「いや、パンは無理！　作り方がわかるだけで作るのはおじいちゃん」

「そうだけど、強力すぎる助っ人だよね！　知り合えて光栄です」

「いやいや。だけどやっぱり画面上とイメージだけじゃなあ」

「実際、見てみないとその場の雰囲気とか、立体的な広がりってわからないよね」

「店、行ってみようぜ」

「うん」

特に行って見てみたいと思う店が、足を伸ばせそうな範囲に三軒あり、二人でそこを回ることにした。

具体案は円柱を取っ払い、そこにパンを載せる台を設置する。それだけでも店内の陰になる部分が減り、自然光が多く満ちるはずだ。雰囲気はずいぶん変わるだろうし、もともとこの柱はおじいちゃんの時代にはなかったものらしい。それをなくしただけで、おじいちゃんウエルカムな気持ちはじゅうぶん伝わってくれそうな気がする。

瑚都は今あるパンを載せる棚も全部一度なくし、新たに棚の配置を考えたいという。おじいちゃんの作るパンは種類が少ない。今の棚だと円柱のまわりの分が全部なくなったとしても余ってしまうのだ。

　参考にしたい店をまわるのは、フロアをまっさらな状態にしてからのほうがいいという結論になった。円柱は、もしかしたら僕じゃ無理で業者に頼まなくちゃいけなくなるかもしれない。だけど他の部分の組み立て式のパンの棚は、二人いれば解体が可能だ。

「片づけまで、どのくらいでできそう？」

「五日かな。まず解体するのに必要なこの棚専用のドライバーと、六角レンチが必要だな。ある？」

　棚の接合に何を使っているのかを確認しながら僕は言った。

「あると思う。だけど……どこにあるのか……」

　瑚都はこめかみに汗がにじみそうなほどの困り顔をした。

「平気だよ瑚都ちゃん、これ、もう廃材にしていいんだろ？」

「うん、いいよ。置いとくとこだってないんだし」

「あと穴のサイズ計ってドライバーと六角レンチも買おう。それでもダメなら電動ノコギリ使うよ。明日、ホームセンターに買いに行こう」

「うん、そうしようそうしよう。円柱の撤去はそう簡単にできない？」

「そうだな。それはちょっとネットで調べる必要がある。できるだけがんばるけど、最悪の最悪は業者を頼むことも考えておいてほしい」

「了解ー。ベーカリー巡りはお預けかあ。でもこれだけの解体を五日でできるってすごい」

「目算！　やってみないとわかんない」

「頑張ろう！　手伝う！」

「おう。頑張るぞ」

僕と瑚都は明日、一緒にホームセンターに行ってパンの棚の解体に必要な道具を買うことにした。電動ノコギリは使ったことがないけど、いざとなったらやるしかない。

棚のねじを計ったり写真に撮ったりして、明日の待ち合わせ場所と時間を決め、今日のバイトは終了ということになった。また電源の切ってある自動扉を手動でこじ開けていると、瑚都の声が背に響く。

「じゃあまたね、城太郎くん……あ……え、こ、お……緒都」

驚き、意味不明な音が交じったその声音に振り向く。そこには僕が今日ここに来た時と同じ黄色のトレーナー姿の緒都が立っていた。

「あの、バイト、お疲れ様でした。どうもありがとうございました」

よろけながらも深く頭を下げる。こんな調子でよろよろ歩いてきたんじゃ足音もしないはずだ。

「いや、バイトだから、そんなお礼言われるのは違うと思うよ」

「だけど、わたしが体調崩してて、なん……なんにもできないから、えと……瑚都が、ひとりでがんばるしかなくて……」

そこで緒都は口元を押さえてうつむいた。涙ぐんだように見えた。よっぽど辛いことがあったんだろうな。顔色も悪いし頬がげっそりこけているように感じる。

「緒都、気を遣わなくてもいいって。無理しないの。終わったからわたしも上に行く。ね？」

瑚都は緒都の背に手をまわしてうつむいた表情を覗き込んだ。

「うん……」

今気づいたけど、瑚都のほうが、背が微妙に高い。そりゃ一卵性でも身長までまるっきり同じってことはないだろうから当たり前か。

瑚都と緒都のツーショットは、この世界に来てからは、なかなか慣れないアンリアリスティックな画だ。もとの世界では緒都のほうが大人っぽいという認識だったのに、瑚都が緒都を支えているせいで二人の関係性が逆転しているのが要因だろう。

「緒都、もう上がってて、本当に大丈夫だから。城太郎くん、めっちゃ頼りになるの」

緒都は会釈をしてようやく背を向けた。

その背中を心配そうに見送る瑚都は、小さい妹を心配する姉そのものだった。

緒都の姿が完全に消えてから瑚都は僕の近くの、開きっぱなしの自動扉の前まで来る。

「緒都、ほんとに元気がないでしょ。ご飯もあんまり食べられないから痩せちゃってる。出迎えに続いて、城太郎くんを見送りにも来ようって気力があるなんて、正直、ほんとにびっくりだよ」

「緒都ちゃんなりに考えてるんじゃない？　瑚都ちゃんにばっかり負担かけてるから、バイトの人間に挨拶くらいはしなくちゃ、って。ちゃんと頭が働いてるよ。緒都ちゃんはきっと大丈夫」

「そうだよね、ありがとう」

「いや、俺なんにもしてないから。そんじゃ、明日な」

「うん、明日、よろしくね」

瑚都と別れ、僕は歩きだした。どこかビジネスホテルに空き部屋はあるだろうか。

今は二人だけで暮らしているという家を背に歩を進める。

自分の生まれていない世界に来て、そこで僕のことを知らない瑚都と接触している。僕が、中学受験を妨げるという決定的な罪を犯していない瑚都と。

だからどうだっていうんだ。僕はこの世界の人間じゃなく、住む場所もない。さっき、じゃあね、と別れた瑚都は、当然僕が自分の家に帰ったと思ったんだろう。この世界に自分の家なんて、居場所なんてないのだ。

「あーあ……」

服、買いに行きたいな。

ぐだぐだと考えることから逃れるように唐突に思う。

瑚都の前で着たきりすずめは嫌だと、こんな時でも思春期男子的思考は健在なのだ。

八時。凍てつく景色は墨色に沈んでいる。まだ大型のショッピングモールなら開いているだろうか。

昨日、終了間際(まぎわ)のショッピングモールに飛び込むと、安い衣類を二、三組とリュックを買った。駅前のビジネスホテルも素泊まりの安い部屋が取れ、風呂に入ってベッドで寝ることができた。ベッドがあんなに寝心地のいいものだとは驚きだ。

そこそこ金はいるだろう、と景気よく十万円も渡してくれた添槇恵理子(そえまきえりこ)に心底感謝する。おかげですっきりした格好で瑚都(こと)に会える。

僕と瑚都は棚を解体するのに必要なものを買うために、朝からバスで大きなホームセンターにやってきていた。

六角レンチは束になっているのを買えばどれかが合うと思う。でもドライバーはどうだろう。僕は売り場に座り込み、次々にドライバーを手に取って、持ってきた定規(じょうぎ)でちまちまと先端の直径や溝を計っていた。夢中になりすぎて結構時間がたっていたのかもしれない。

「ねえ、もうこれでよくない？」

背後から微妙にうんざりした声がした。

「は？」

振り向くと瑚都が巨大な斧を両肩に二本かついで立っていた。下からのアングルだと本気で怖い。

「瑚都ちゃ……。どっからそれ持ってきたんだよ」

「あっち。どうせ廃材にするんだからさ、これのほうがてっとり早いでしょ」

「いやー。それって」

「決まり！　思いっきりこれで叩くといろいろすっきりするよ、きっと」

それは一理あるのかもしれない。瑚都の提案が、今の僕には眩暈がするほど魅力的に感じられた。

「そうか。そうだな」

僕は立ち上がった。

僕らは本当にその斧を買った。ただ瑚都にこれを使わせるのは危ないと判断した僕は、一本は小さいものにして、がっちり頭と顔を保護できるように林業用のフルフェイスのへルメットを買った。

「これはおおげさじゃない？」

帰りのバスの中、林業用ヘルメットを両手で持ってためつすがめつする瑚都は、心なしか嬉しそうでもあり楽しそうでもあった。

「初心者に斧って、思うほど簡単じゃないぞ、たぶん」

「うん。じゃあ城太郎くんがこれでじゃんじゃん壊しちゃって」

瑚都は白い歯を見せ、僕の好きなとびきりの笑顔を向けてきた。

フラワーベーカリーに戻ると、まず壁や自動扉を保護するための養生シートを貼った。

それから僕はさっそく林業用ヘルメットをつけて斧を振るいはじめた。足を大きく開いて斧を振りかぶり、棚の上に思いっきり振り降ろす。つんざくような破壊音とともに一番上の棚は真っ二つ。

「瑚都ちゃん、危ないからもっと下がってて！　もっと！　もっともっと！　こっちに来ちゃダメ！」

「えー、なんか城太郎くん楽しそうだよ。わたしもそっちやりたくなったな」

瑚都も林業用ヘルメットをつけて、小ぶりの斧を両手で持ち、左右に振ってやりたいアピールをしている。だけどこれは女の子には危ないと思う。おそらくだけど、瑚都は喘息が原因でスポーツをやっていない。小学生の頃は体育だって見学だったんだ。

「瑚都ちゃんは俺の砕いた木材を廃棄できる大きさにして」

「わかったよー」

瑚都はあきらめてフロアの隅に手ごろな木材を引っ張っていった。


気持ちがよかった。無心で斧を振るうと目の前で面白いように棚が壊れていく。木材の割れる音。生木(なまき)のようなどこか青臭(くさ)い匂(にお)い。埃(ほこり)と木っ端(こぱ)の飛散。木材の破片が宙を舞い、透明のフェイスシールドに当たるのがなぜかスローモーションのようにはっきり見えた。

エリーの過去も、それを許せない卑小な自分も、好きな子の未来を奪った事実も、すべてこの手で復元不可能に叩き割ってしまえるような錯覚を抱く。

無我の境地からふと覚め、振り向く。瑚都が、菩薩半跏像(ぼさつはんかぞう)のように慈愛(じあい)に満ちた表情で僕を眺めていて、斧を取り落としそうになった。フェイスシールド越しの見間違い？　瑚都は慌(あわ)てたように目の前の木材を小ぶりの斧で叩き割り始めた。

一日が終わったところで、フロアはなんの抗争のあとだ、これ以上散らかすのは無理だ、という惨状になっていた。反対に僕の胸はすっきりしていた。何かが解決したわけじゃない一時的なものだということはわかっている。でも斧にしようと言ってくれた瑚都に感謝したい気持ちでいっぱいだった。

作業に入って二日目、僕がフラワーベーカリーのガラスの自動扉を手動で開け、中に入っていくと、出迎える瑚都の背後から、二階から降りてきた緒都が「おはようございます。どうもありがとうございます」と頭を下げる。作業が終わって帰る時もしかりだ。

それでも三日目には「おはようございます。どうもありがとう」になり、「ありがとう」に続く「ございます」が取れた。僕と瑚都が、ああでもないこうでもない、とその日の作業の工程について話し合っている間、一日目は三分、二日目は五分、三日目は十分、四日目は二十分と、緒都がその場にいる時間が長くなっていった。五日目のゴミの袋詰めは手伝おうとして瑚都に止められていた。

緒都に話を振っても小さい声で、敬語の返事が返ってくるだけだったけれど、進歩には違いがない。敬語の割合もどんどん減っている。

そして、僕の方はといえば、緒都が一緒にいる時間が長くなればなるだけ、胸にわだかまっている違和感が強くなっていった。もやのかかる頭に、暴力的なまでになにかが引っかかる。もうずっとこの感覚に悩まされている。

その違和感が最高潮に達したのは五日目のことだった。

僕と瑚都は今日で作業を終える気満々だった。

「競争したほうがゲーム感覚で楽しい。早く終わるよ」

と主張する瑚都に、

「そんなことをしたらのせられて俺ばっかかが働くことになる。俺はゲームって言葉に弱いんだよ」

というやり取りをした。

その時、緒都がわずかに口元をほころばせたのだ。

「え……」

僕は緒都のその笑顔を見て凍りついてしまった。笑顔と呼べるかどうかも微妙な表情だ。見ようによってはただ顔の筋肉が緩(ゆる)んで口角が上がっただけ、ととらえられてもおかしくない。

瑚都のひまわりみたいな笑顔からはほど遠い笑い方だった。

それなのに僕は、その場にまるで影縫いの術で留(と)められたかのように動けなくなってしまった。

「城太郎くん？」

「……ああ」

瑚都の呼びかけで影縫いの術は解けた。

今のは……なんだったんだろう。既視感に似た、すりガラスの向こうに広がる懐かしい風景を見ているようなもどかしさが胸に走る。当の緒都が、すでに二階に去った後もその感覚は残像となって燻った。

そんなことがあったものの、当初の予定通り五日間で棚の全撤去は終わり、廃材を入れたいくつものポリ袋が、フロアの片隅に山と積まれた。今朝のごみの日にできるだけ処分したけど、いかんせん量が多すぎて全部は出せない。徐々に出す予定だ。

「こうなってみるとけっこう広いよね」

何もない空間は、これから新しい何かが始まることを予見させる。

「そうだな。あとはこの柱か」

僕は中が空洞の円柱に触れた。

「そうだね」

「これでベーカリー巡りに行けるな」

「写真撮っとくよ。何もないうちのフロアはこの形態。わたしでもこの空間には慣れてないからね」

「そうだな」

瑚都は自分のスマホでいろいろな角度から写真を撮った。一通り写真撮影が終わると、僕と瑚都は明日のベーカリー巡りのおおまかなスケジュールと出発時間を決めた。そして僕は今日のバイトを終え、すっかり慣れたガラスの自動扉を手動で開き、瑚都たちの自宅兼ベーカリーを後にした。

明日は瑚都と三つのベーカリーを巡る。棚撤去の五日間、昼の間中ずっと瑚都と一緒にいたから、すごく距離が縮まった。僕と瑚都は、実際、人としての相性がいいんだと思う。性格は違っても根っこにある考え方が似ている。だから、どんどん居心地がよくなっている。

六日目にようやく店づくりの研究のためのベーカリー巡りができることになった。

一軒目に行ったのは〝食パン　浅乃(あさの)〟。

老舗(しにせ)の和菓子屋にありそうな、大きな日よけ暖簾(のれん)が軒先から道路上に斜めに掛けられている。紺地に白抜きで店名だけが入っている。徹底的にシンプルなところが逆に斬新でおしゃれな店だった。

イートインで、瑚都はそこの店の推(お)しである食パンを食べ、僕はカレーパンを食べた。そこから二件目に向かう電車の中、椅子に並んで腰かける。トートバッグを抱くようにして座る瑚都がさっきから思案顔だ。

「どうした？　どうだった？」

「おいしかったよね。店内の研究に来たわけだけどさ」

「だよな」

「城太郎くんはさ、どう思う？　さっきのお店みたいな純和風のベーカリー。珍しいよね」

「そうだな。確かに珍しい。食パン買う列のほうはめっちゃ並んでたよな。でもなー」

「でも？」

「富裕層が、多いのかな？」

添槇家に縁はないなと即座に判断した。

瑚都はおおげさな動作で僕のほうを向き、右手の拳を振ってそれを左の手のひらで受け止める。

「思った？　わたしも！　お金持ちの主婦が多いみたいだし、第一値段がすごく高いじゃない？　高級感が強すぎだよね。わざわざ買いに来た人ばっかりだったと思う」

「実際高級なんだよ。材料から吟味して契約農家から取り寄せてるみたいだし、無添加とか天然酵母とか手のかかることやってる」

「だからあんなに小麦の香りがむせ返るほど強いのか」

瑚都はイートインで、口元と胃の辺りを押さえてしばらく動けずにいたのだ。

「焼きたてのパンってあんなもんなんじゃないの？　専門家なんかにはわかるのかもしれないけど、俺には他の焼きたてパンと区別つかなかったけどな」

「え？　そうなの？　気のせい？　パン工房でバイトしてた城太郎くんがそう感じるんならそうなのか！」

「瑚都ちゃん、パンの香りにむちゃくちゃ反応してたもんな」

瑚都は腕組みをして首をかしげた。

「高級だから香りが強いっていう先入観か」

「そうかもよ」

「でももう少し手が届きやすくて、幅広い年齢層に浸透してほしいな。地元に溶け込んだベーカリーを目指したい。まあこれはわたしの考えだけど」

「そうだな。だけどなあ、パン屋はどうしたって主婦が一番の購買層だからな。主婦受けは外せないだろ。そこは押さえたうえで、どういう店を目指してどういう客層を取り込みたいか、そこからだよな」

「そうか、だよね。城太郎くん、めちゃくちゃ論理的。納得できる。きっとプレゼン上手（うま）いよ」

瑚都はトートバッグを強く抱きしめて難しい顔をした後、そこに顔を伏せてしまった。

「いや、そんな褒め言葉は俺にはもったいなさすぎ」

こっちの瑚都も、僕の世界の瑚都と同じように、恥ずかしげもなくまっすぐに思ったことを口にする。

「どうして？　そんなことないよ、城太郎くんがいてくれると、ベーカリー、失敗しないですむような気がする。少なくともわたしひとりで動くよりどれだけ助かってるか」

僕はそんな言葉をもらえるような男じゃない。並行世界の君の分身は、僕の大きな失敗で中学受験ができなかったんだぞ。

「……失敗、したんだ。取り返しのつかない失敗」

心の中で感じたことがいつの間にか言葉になって漏れていた。思い出してしまうと、小学生の瑚都の邪気のない笑顔が脳裏にいくつもフラッシュバックする。

「城太郎くん？」

「…………」

「黙りこくらないの！」

僕の肩口がけっこうな力でばんっと叩かれた。

「えっ？　あ、悪い、ちょっと考え事」

「人生にはいろんな道筋があるの！　失敗はね、ばねなんだよ。失敗のない人生にはばねがないの。失敗をばねに変えられるかどうかで、その先の人生が大きく分かれるんだよ」

　この、ある意味どんぴしゃななぐさめの文句はなんだ？

「なんで今そんなこと言うのさ」

「だって城太郎くん、今、急降下ってくらい落ちたよ。それほどの大きな失敗を思い出したのかと、心配になった」

「そんなに表情に出たのか」

「まあね。でも告白すると、出会った時からめっちゃ暗い顔して登場したからね。今も無理してる」

「え、俺、ずっと普通にしてるつもりだった」

「そういうの、自分じゃわからないかもね。でもわたし、いつか言っちゃうかもな、と思ってた。さっき、出会ってから最っ高に暗い表情になって、ついうっかり手まで出ちゃったよ、ごめんね肩叩いちゃって。痛くなかった？」

「痛かった。でもそうか、俺そんな暗い顔してたのか。しかし、ばね、ね。今の瑚都ちゃんの言葉、刺さったよ。貫通した」

「刺さるような言葉、選択したつもりだもん」

「…………」

僕の世界の受験ができなかった瑚都は、あの出来事をばねに変えてくれたのかな。

「昔のばねが、何年もたってから効くことだってない？　城太郎くんはそういう経験ない？」

「どうなんだろ。毎日、その日その日を生きることに必死だった」

「……そうだったんだ」

瑚都は、まだ知り合って五日という僕の重い発言に対して、知らなかったことが申し訳ないとでも思っているような苦い顔をしてくれた。

僕も、瑚都に対してこんなにかっこ悪いリアルな日常を簡単にさらせる自分に驚いた。たぶん、僕がこの子に対しては恋愛感情を持っていないからだ。

不思議だな。同じ瑚都なのに。

目の前にいる、きれいに化粧をして茶色い髪を微かな風にやわらかく揺らしている瑚都も新鮮で魅力的だと思う。性格だって僕の知るあの小六の瑚都が、成長したらこんなふうにさばけた茶目っ気のある子になるんだろうな、と想像できる。じゅうぶんすぎるほどの好感は持っている。

でも感情のレベルは、メスシリンダーでいうと、友だちの目盛りの一番上でピタリと止まっている。揺らしても張りつくようにして絶対にその目盛りの上まではいかない、摩訶不思議な関係だ。

「おっ、やばい」

「ほんとだ」

僕たちは電車の座席をほぼ同時に立ち上がった。電車は目的の駅に着き、扉がすでに開ききっていたからだ。僕は何も考えずそのまま扉のところまで移動した。ホームに出る前に瑚都のほうを振り返ると、歯を食いしばるような顔をして立ち止まっていた。

「え、瑚都ちゃん、どうしたの？」

「行って、閉まっちゃう」

そこから素早く僕に近づき、出口に向かって腕を軽く押した。押すというより僕のほうに倒れたように感じた。とっさに瑚都を抱えるようにしてホームに転がり出る。次の瞬間、シューと背後で扉の閉まる音がした。

「瑚都ちゃん、具合悪くなったの？」

「ちょっと休めば大丈夫。なんだろ、気持ちが悪いの」

そう言って瑚都はその場にうずくまろうとするから、その腕を取った。

「あそこのベンチまでがんばれるか？」

「うん、ありがとう」

瑚都の腕を支え、青いプラスチック製のベンチまで歩いた。

瑚都が小学生の頃、小児喘息を患（わずら）っていたことを思い出した。

高校生で時が止まったように着飾る気力もないらしい緒都と、対照的に瑚都は健康そのものみたいに見える。だけど本来病弱なのは瑚都のほうだ。

ホームにそれほど人はいなかった。六つ並ぶベンチに座っている人もいない。

「風邪（かぜ）じゃないの？　あったかくなってはきたけど、朝夕冷え込むよな」

「そうなのかなあ。いつも風邪の時って最初に喉（のど）にくるタイプなんだよね、わたし。喉が痛くなりはじめてやばいな、って思うの。今はそれがなくて、ただ気持ち悪いっていうか……」

瑚都はうつむいて小首をかしげ、左手のリングを右手でくるくるまわした。

「それ疲労だよ。棚を解体したりして体力的な疲労もあるんだろうけど、ストレスからくる精神的な疲労のほうが大きいのかもよ。緒都ちゃんが体調悪くて寝込んでるし、両親がイギリスに行っちゃって帰ってくる見通しが立ってないんだろ？」

「うん」

「おじいちゃんとまた一からフラワーベーカリーをやるって、十八歳の女の子には荷が重すぎるよ」

「そうかな」

「そうだよ。自分でも気づかないうちにストレスで疲労が蓄積されてたっておかしくないよ」

「元気なんだよ。第一、わたしががんばらないと」

「ほらな。それがストレスのもとなんじゃん」

「…………」

「瑚都ちゃん、今日はもうベーカリーを見てまわるのはやめよう？　体調を回復させることが先決だよ」

「そうだね。残念だけど断念するかな。城太郎くんの言う通り疲れてるのか、乗り物に乗ると酔うような感覚がするの」

「また来られるよ。俺つき合うから」

「ありがとう。効率的にまわろうと思ったのにごめんね。出直しになっちゃう。そのぶん時給は払うよ」

「そんなのいいよ。こういうこともある」

「……城太郎くんは、優しいね。城太郎くんの彼女になった子はきっと幸せだよ」

「それはないよ、俺って不幸呼び寄せ体質だもん」

「なにそれ？」

瑚都は冗談だと思ったみたいで、笑いを含んだ声を出し、こっちを向いた。

「ほんとのことなんだよ。友だちにしろ親にしろ弟にしろ、俺と出会ってなかったらもっと明るい未来だったんじゃないのかな、って……」

この話はやめよう、思い出したくないと強く思った。瑚都の隣にいると癒される。せっかくの時間だ。

「あー、わかる」

「え？」

「それ、わたしも思う、かも」

「瑚都ちゃんが？　まさか……あ」

玉垣の中で昔似たような会話をした。

〝わたし、生まれないほうがよかったんじゃないかな〟

〝こんなに似てる人間が二人いる必要ってあるのかな？　ひとりでよくない？　わたし、いらなくない？〟

幼い瑚都の声が蘇る。今でも瑚都はそんなふうに思うのかな。こんなにきれいに成長した瑚都が。受験期が終わってからの短時間で、見違えるようにすっかりあか抜けた瑚都が。それも希望の大学に受かって、明るい未来への準備中なんだろう。

　それでも今の瑚都が幼少期の彼女の延長線上にあることは間違いない。

　ここは別の世界だけど、瑚都は、僕の世界の彼女と同じ悩みを幼少期に抱えていたということか。そうなんだろう、きっと。母親のエリーはこの世界では名の通った女優で外側の殻は相当に違うけれど、本質はとても似ている。

「すごく思うよ。わたしと出会ってなかったら、幸せになれたのに。違う道があったのに、って」

　瑚都は膝の上で薬指にいつも嵌めているリングをくるくるまわしながら、ため息をついた。

　もしかして、そのリングをくれた相手、彼氏のことで自分がいないほうがいいとか……悩んでいる？　一週間瑚都と一緒にいるわけだけど、瑚都が彼氏と連絡を取り合ったり、直接会ったりしている気配がない。もしかして、うまくいっていないとか？　そこで、はたと思いついた。

「そういえば瑚都ちゃん。その……俺なんかと出歩いてていいわけ？」

「え？」

「そのリングって彼氏にもらったやつだよね？　彼氏、仕事とはいえ他の男と二人でベーカリー巡りなんかして、怒らないの？」

「ああ……ね」

瑚都はリングをしている薬指の根元を反対の手の指で挟み、腱を伸ばすように前後に動かした。

「ああ、ね、じゃないよ。気がつかない俺も悪かった。もしかしてそれ、Crossroadsのリングじゃない？　つき合ってるやつら、けっこうしてるよね」

「そうだね」

俺も持っているんだけどペアリングじゃない。そこはちょっとかっこが悪いかな、と変なプライドが働き、口にしなかった。

「瑚都ちゃん、もしかして彼氏のこと、自分と出会ってなかったら幸せになれたとか、違う道があったとか、そういうふうに思ってるの？」

「城太郎くん、身近な人との関係を『俺と出会ってなかったらもっと明るい未来だったんじゃないのかな』って言ったじゃない？　実はわたしもそうなんだよね。ご指摘の通り、そのう……この人が、そうでね」

瑚都はそう言って、また薬指のリングをくるりとまわした。

やっぱり瑚都にはつき合っているやつが……と、納得し、一拍おいて胸の真ん中を絶対零度の強風が吹き抜ける。思いは別の世界に飛んで、目の前の瑚都に彼氏がいるのなら、同じように僕の世界の瑚都にもいるんだろうな、とつながってしまう。

「彼氏、だよね」

「……うん。好きな人」

眩暈(めまい)を覚える。僕はなにを始めてしまったんだ、と怒濤(どとう)の後悔が押し寄せる。瑚都にどんな答えを期待したんだ。僕と同じように、ただ単に部活の仲間と大勢で作ったリングだとでも言ってほしかったのか。

ここまで話を促(うなが)しておきながら、今さら聞きたくないと耳をふさぎたい衝動にかられる。目の前の瑚都の恋愛の悩みは、十中八九、鏡に映したように僕の世界の瑚都のものと同じだからだ。だけど今さら引けない。

「城太郎くんに話すのも、ものすごく変な感じなんだけど……」

「いいよ。それで楽になるんなら。楽になる?」

「それは、そうなのかもしれない」

「じゃ、聞くよ」

瑚都はリングをまわしながらしゃべりはじめた。

「この人には、やりたいことがあったの、たぶん。でも、わたしと出会ってしまったことで、わたしと関わってしまったことで、そのやりたいことを、あきらめてしまったんだよね」

「やりたいこと？　それ瑚都ちゃん、なにか聞いたの？」

「本人の口から聞いてはいない。でも、見てて、大好きなのはわかってた。それで……なんて言ったらいいか……いろんなことがどうにもならなくなってから知ったんだよね。人好きなだけじゃなかったことが」

「……えっと……？」

　抽象的すぎて、何が言いたいのか、なんのことを言っているのか、さっぱりわからなかった。でも、はっきり説明できないことなんだろうな、と思った。こういう言い方でも吐き出せば少しはすっきりしたんだろうか。

　僕のほうにもこれ以上聞きたくない気持ちが邪魔をして壁を作っている。たったこれだけの情報で、断崖絶壁から突き落とされたような衝撃を受けている。

　言葉のニュアンスから、瑚都はその彼氏と、それなりに長い時間を一緒に過ごしているんだと感じた。〝いろんなことがどうにもならなくなる〟までにどれだけの時間を費やしたのかわからないけど、瑚都とその人は、それだけの時間を一緒に過ごしている。

僕の世界の瑚都を思う。彼女の高校時代を、僕が知るわけはなかったんだ。緒都と一緒にいるところや、ひとりきりの姿を数回見かけただけだ。

それなのに瑚都に特別な人がいるかもしれないという可能性を、はなから除外していた。

僕はなんておめでたい人間なんだ。

「いいの。城太郎くんありがとう。実は気持ちは固まってるの。ただ少し感傷的になっちゃっただけで。優しい人なんだ、すごく。城太郎くんと同じように」

「…………」

別れるってことだろうか？　瑚都が、その彼氏のことを今でも想っているのはじゅうぶんに伝わってくる。それなのに、別れる？　彼氏の心が離れたから？　そうじゃないよな。話の脈絡からいって、瑚都はその彼氏といるのがその人のためにならないと考えている。だから別れようとしている。自分がいなければ他の道を選べたと思っている。

「帰ろう、城太郎くん」

「瑚都ちゃん」

ゆっくり立ち上がった瑚都に、座ったまま声をかける。

「なに？」

「その彼氏の意思は確認したの？　自分一人で答えを出して、自分から遠ざかろうとしてるんじゃないの？　瑚都ちゃんが彼氏のために出した結論でも、その結論を彼氏は喜ばないかもしれないよ？」

「………」

「確認したほうがいい。ちゃんと話してほしい、っていうのが、同じ男として感じることだよ」

「ごめん、わたし弱気になった。なにやってんだろ。もう決めて……だから動いてるのに……」

　瑚都は憑かれたように遥か前方に視線をさまよわせていた。まるでひとりごとか、でなければ、遠くにいる自分にでも言い聞かせるような不安定な口調になる。

「瑚都ちゃん」

「うん。もう大丈夫。城太郎くんに相談しても、城太郎くんらしい答えが返ってくるだけだってわかってた」

　まだベンチに座っている僕を見下ろして笑う瑚都を、不可解だと感じた。まだ知り合って一週間。目の前の瑚都がいるこの世界に僕は存在しないのだ。なのに、今の言いようは、まるで僕を知っていたかのようにも聞こえなくもない。ほんの短い時間で僕をそこまで信頼してくれたってことなんだろうか。

ともあれ、もう瑚都の気持ちは固まっているらしい。僕がこれ以上なにかを言える立場じゃない。

「帰ろうか、瑚都ちゃん。少しは気持ち悪いの治まったかな」

「うん、もう大丈夫」

笑顔を見せるけど、やっぱり気分は悪そうだった。家にはずっと臥せがちで部屋からもあまり出ない緒都がいる。たぶんいつも食事の用意をしているのは瑚都だ。今日、そんなことができるのかな。今はデリバリーだっていろんなところから取れるシステムがあるけれど、具合が悪い時に最適なものって宅配食では少ない気がする。

「あのさ」

「なに?」

「嫌じゃなかったら、でいいんだけどさ。俺今日、食事の用意しようか?」

「え?」

「いや、だって。瑚都ちゃんも緒都ちゃんも具合悪くて、きっと胃の負担にならないものを食べたほうがいいのに、作る人がいないから」

「城太郎くん、ご飯作れるの?」

「俺んち、シングルマザーなんだよ。弟もいてさ。しかも母親がハードワークの上にかなりいいかげんな性格だから、俺が家事全般、やってるんだよね。俺自身そういうの、それほど苦にならないタイプみたいでさ」

「マルチな男子だよね。尊敬しちゃう！」

「冷蔵庫の中のものでたぶん作れるよ。弟が具合悪い時とか、食べやすいもの作ってきたよ。まあ、女子高生に家事男子は受けないよな」

「もうすぐ女子大生だよ」

「それでも受けないだろ。俺の需要が高まるのにあと十年は必要」

「もう面白いなあ。城太郎くん」

　瑚都は声を出して笑ってからそう言ってくれた。

「マジで俺、飯作るよ？　まだ知り合って日も浅いとこでプライベート空間をお借りするわけだから、抵抗あるのは当然だと思うんだよね。そうだったらはっきり言ってくれていいから」

「ありがとう。実際すごく助かるよ。緒都が具合悪いから、わたしが作ってきたけど、わたしまで調子悪くなっちゃって、今日どうしようって思ってたんだよね。あんまりきれいじゃなくて恥ずかしいけど、冷蔵庫の中の食材とかキッチンとか、好きに使っちゃってください」

「了解」

「でも約束してね。これは残業ね？　時給は払う」

「いいのに。でもそれで瑚都ちゃんの気が楽になるならそうするよ」

「楽になる楽になる」

「じゃ、そうする」

僕たちは瑚都の家がある町内に帰ってきた。ベーカリーに戻ったら、今後の計画の練り直しをしようということになった。

緩い弓なりを描く橋を渡り切ると、どこからともなく懐かしいような、花の香りがした。

「なんか、いい匂いがしない？」

「あれだよ、沈丁花」

瑚都が右前方を指さす。

白い花をたくさんつけた大きな株が、囲いのない民家の軒先にあった。道の方まで緑の葉があふれている。沈丁花は、小さな花弁がいくつかまとまりひとつの白い花を形成しているらしい。それが今を盛りと咲き誇っていた。華やかな花ではないけど、甘酸っぱいいい香りがする。

「へえ」

僕は足を止めた。その横で瑚都も止まる。

「この季節だけここを通るといい匂いがするよ。期間限定の香りだね。この香りがすると、冬が終わるなーって感じる」

「ふうん」

普段、花になんか興味はないのに、僕はその沈丁花の株に近づいた。瑚都も僕のあとについてくる。香りはもっと強くなる。深呼吸しようとして、僕の視線は沈丁花の株の横にふと動いた。すぐ横には町内会の看板が立ててあった。

黒く縁取（ふちど）られた告別式のお知らせが留めてある。縁取りの一番最初にある名前は、杉山（すぎやま）美織（みおり）、長年僕の町の町内会を取り仕切っていた人だけど、数年前には区会長にもなっている。

「この人、死んだんだ」

瑚都に言うともなく呟（つぶや）いていた。

「ほんとだ」

「瑚都ちゃん、知ってるの？」

「うん。区会長さんでしょ？　駅の反対側に住んでるとか聞いたことある。双子で……でも区会長さんってこの人のほうだよね？」

「そうだと思う」

双子のもうひとりの名前は杉山伊織。この人が双子だと瑚都に教えたのは僕だ。あれから六年の月日が流れている。

中学受験の直前、摂末社の玉垣の中で瑚都と語り合った。玉垣を形成する石柱二本に、双子の名前が赤い字で彫り込んであったのだ。

「瑚都ちゃん、この人が双子だって知ってるんだね」

「…………」

瑚都は黙った。黙って僕の顔を見上げ、珍しく不機嫌な表情で見つめて……いや睨んでくる。何か言いたげに口を開き、結局なにも言わずに唇をきゅっと結んだ。

「なに？」

瑚都はふいっと顔を逸らした。

「有名な人じゃない。区会長にもなったことあるし、いろんな小学校や中学校で講演やってるし。このへんで知らない人いないでしょ」

「そうか。そうだよね」

鮮明にあの夜を思い出してしまった。玉垣の中の静謐な空気や、凍てついた夜の闇の匂い。瑚都の着ていたコートの手触りまでを、脳がリアルな質感でもって再現してしまう。

　あの時の情景が胸を埋め尽くしてしまったことで、この世界に来た時からずっと胸に引っかかっていたこと、聞きたくてたまらないのに、それを耳にすることに限りない恐怖を覚えていた事柄を、強烈に明らかにしてしまいたくなった。

「……瑚都ちゃん」

「ん？　なに？」

「あのさ、もしかして、中学受験って、した？」

「……したよ」

「じゃあ中学高校は、私立？」

「うん」

「どこだか聞いていい？」

「明律学院だよ」

「明律？　じゃ、じゃあ大学もそこなの？」

「うん」

「そうか。受験が、できてよかった」

「なによくわかんないこと言ってるのよ。そんな昔のことについてよかったってなに？」

「いや……」

瑚都の志望校は明律学院だった。蔦の絡まる礼拝堂に憧れていると語った小学生の瑚都が思い出される。由緒ある難関大学の付属中学だ。あの塾のC組で明律学院合格は大金星だと思う。

俺のいないこの世界では、瑚都はちゃんと受験ができた。そのうえ第一志望に合格していた。僕の世界で瑚都が受験できなかったのは、やっぱりあの初詣での夜にひいた風邪をこじらせて喘息を引き起こしたから。

ここでも僕の存在は、ないほうが他人にとってはプラスに働く。しかも相手は瑚都、決定打だ。

これほど特別な存在の未来を、この手で叩き落としたということがつまびらかになってしまった。僕は無意識に涙を飲みくだすのに必死だった。

「城太郎くん、どうしたの？」

「いや、なんでもないよ」

いつまでも口を開かない僕に瑚都が覗き込むようにして問うた。

普通にしなきゃ、と思う。でもまだうまく口がきけない。

僕の世界で、高校生の瑚都が着ていたのは、明律学院付属高校の制服じゃない。実は、本屋で立ち読みした制服ガイドの情報で、瑚都の通っている高校がどこだか僕は知っていた。

僕の世界の瑚都は、高校も明律学院ほど高い偏差値のところには行けていない。

そこから僕と瑚都の会話はほぼ途絶えた。もともと具合のよくなかった瑚都は、それほど話す元気がなかったのかもしれない。だけど僕がいきなり寡黙になったことで、妙な雰囲気になってしまった。どうしても会話をする精神状態ではなくなってしまった。

二人で黙り込んだまま、フラワーベーカリーまで戻ってきた。

瑚都が鍵を解除してからいつものように自動扉を手動で開く。

棚を取り払ってしまったフロアには、現在、打ち合わせをするためのパイプ椅子が二つと、キャンプに使うスチールのテーブルが置いてある。まだ出していないごみ袋がすみに積まれている。

「城太郎くん、今日はごめんね」

「いや、俺こそ悪い。途中で、変に黙り込んだりして」

「わたしが、城太郎くんが触れてほしくないスイッチを押しちゃったんだろうな……て、つあ」

瑚都が途中で言葉を切り、視線を動かしたから、僕も自然とそっちを目で追った。

緒都が、マグカップが載ったトレイを持って立っていた。

「おかえりなさい。早かったね」

今日も緒都の顔色は冴えない。体重もたぶん戻っていない。それでもここで再会した時から、少しずつ生気が蘇りつつあるような気がする。

「緒都、どうしたの？」

「二階からぼうっと通りを見てたの。そしたら二人が遠くから歩いてくるのが見えたから。寒いのに、わたしだけなんにもしないで申し訳ないなって思って……」

「それでコーヒー用意してくれたの？」

「うん」

トレイの上には三つのマグカップが用意されていた。コーヒーの濃い芳醇な香りがフロアに満ちている。たぶんだけど、エリーが家で牛乳をいっぱい入れて飲んでいるような、インスタントのものじゃない。

マグカップが三つあるということは、緒都も一緒に飲もうという気持ちにまで回復してきたらしい。

「緒都、座りなよ。もっと椅子あったかな……。事務所から持ってくるか」

いつも瑚都と二人で作業をしていたから、椅子が二つしかなかった。

「俺が持ってくるよ。瑚都ちゃん気分悪くなって帰ってきたんじゃん」

　僕は事務所に向かった。背中で緒都の声がする。

「気分悪くなったの？　大丈夫？」

　つくづくそっくりな双子だな、と思う。見分けがつくと自負していた僕ですら、会話の内容がなかったら、今しゃべったのがどっちだかわからなかった。声やしゃべり方もすごく似ている。おかしな話だけど、こっちの世界に来てから僕は二人の見分けがつかない。

　つまり、僕は好きな子と他の子を見分けることができたにすぎない。ただそれだけのごく当たり前のことだったのだと今悟っている。

　そんなことをつらつらと考えながら事務所に椅子を取りに向かった。折り畳みのパイプ椅子を手に、ベーカリーのフロアに戻る。

　二人はコーヒーを載せたスチールのテーブルをはさみ、生真面目に椅子に座って待っていてくれた。

「先に飲んでてくれてよかったのに」

「さすがにそれはない」

　瑚都だ。僕に砕けた言葉を使うのは瑚都のほうだった。

　そういえば緒都の進路はどうなったんだろう？　こんなに気落ちしている緒都の前でそ

の話題を出せるわけがない。もし大学受験に落ちたことが凹んでいる原因なら、一校しか受けずその一校に落ちた僕の話を聞けば『こういう子もいるんだ、自分だけじゃない』と少しは元気になってくれるかな、なんてくだらないことが脳裏をよぎる。

席に着き、北欧調の模様のマグカップを手に取り、ごちそうになる。

「緒都、わざわざコーヒーメーカーで落としてくれたの？　早業だね！」

「一本道だからだよ。遠くから見えたの」

「ありがとう。緒都ちゃん」

これがコーヒーメーカーで落としたコーヒーか。エリーが特売で買ってくる安いインスタントコーヒーよりずっとおいしい。雑味のない純粋な味。

しばらく黙って三人でコーヒーを飲んだ。

「家にあるもので夕ご飯作ろうとも思ったんだけど、途中で息苦しくなって、できてなくて」

「無理しないの。でもそういう気持ちが出てきてくれただけでも進歩だと思えて嬉しいけど」

「……そう」

この五日間、僕と棚の解体作業をしていた瑚都だけれど、彼女は休憩のたびに二階に上がっていく。緒都の様子を見に行っているんだろうな、と察しはついてはいた。なにかすごくデリケートな問題が絡んでいるような気がして、そのことを瑚都に問いただしたりはとてもできない。

それにしても娘のひとりがここまで体調を崩しているというのに、どうして母親は里帰りをしたまま ちっとも帰ってこないんだろう。

エリーじゃありえないことだな。僕やシーザーが微熱を出しただけでも、寝ろ寝ろ休め！ と市販薬を手に大騒ぎをするエリーを思い出し、その後、そんな実母から逃げた形になっている自分を省みて、やるせない気持ちになった。

世の中いろいろな母親がいて、いろいろな家庭の事情があるのだと今さらながら感じた。

ふいに物と物がぶつかるような、大きな音がした。

「緒都！」

横を見ると、片方の手のひらで額全体を覆うようにした緒都の身体がぐらぐらと揺れている。今の大きな音は、おそらく緒都がマグカップをテーブルに激突させた時のものだろう。衝撃で飛び散ったと思われるコーヒーのしずくの跡が、テーブルのあちこちにあった。

「緒都ちゃ――」

緒都を庇って肩を支えていた瑚都まで一緒にこっちに倒れてきた。僕と瑚都でどうにか緒都の身体が床に倒れるのを阻止する。

「緒都！　緒都！」

「緒都ちゃん！」

僕の腕の中で緒都はぐったりしていた。

「どうしよう、城太郎くん。救急車、呼んだほうがいいのかな」

「そうだな。なんだかわからないからそうしたほうが」

「……呼ばなくても、大丈夫。病院は、嫌」

緒都がうっすらと目を開け、蚊の鳴くような声で囁いた。

「でも緒都」

「たぶん貧血。瑚都が用意してってくれたお昼ご飯食べたの。全部は無理だったけど」

「また戻しちゃったの？」

「……うん。だから」

「栄養不足の貧血なのか、緒都ちゃん」

「緒都がどうしても病院に行きたくないっていうの。病院に行くときっとよけい具合が悪くなるって。気持ちがわかるだけにわたしも無理じいができなくて」

なにか、ここでも僕が知らない家族だけの事情がある。

「少しずつでも栄養のあるもの、食べてほしいんだけど」

「ひとまず部屋に連れてって寝かせよう」

「そうだね」

「緒都ちゃん、俺につかまって歩ける？　背負っていく？」

「大丈夫だよ。歩いていける」

「こんなとこで頑張ってまた倒れたりしたら、今度こそ病院に行かなくちゃならなくなるよ？」

病院という単語に過剰反応をする緒都。だから病院を引き合いに出せば僕の肩につかまってくれるかと思った。とてもひとりで階段を上れる状態に見えない。

「ごめんね……」

消え入りそうな声で呟くと、緒都は素直に僕の肩につかまった。花辻家は二階が住居だ。緒都の部屋も瑚都の部屋も二階にある。緒都を支えながら一歩一歩階段を上る。僕たちのあとから瑚都がついてきた。

「ここ、わたしの部屋」

もたれるようにドアノブを摑んだ緒都に対し、そこで瑚都が短く息を飲んだ気がした。

その後、焦ったような早口でしゃべりだす。

「城太郎くん。あとはわたしがやるよ。階段じゃないからもう大丈夫」

「ベッドまで行かなくて大丈夫？」

緒都は、瑚都ひとりで抱えるのが難しいほど脱力していた。

「ううん、大丈夫」

「そうか」

気がつかなくて悪い、と心の中で謝る。口に出すのは無粋のうわぬりだ。

この二人にしてみれば、知り合って間もない男子に自分の部屋に入られるのはいい気がしないはずだ。だから瑚都は、部屋まで入ろうとしたところを早口でさえぎった。言われながらデリカシーに欠けすぎることと、言われてもまだ察することができず、瑚都に軽い拒絶を受けたこと、その両方に落胆していた。こんな時だからこそよけいにだ。

僕は緒都の腕を自分の肩からはずし、瑚都に引き渡した。まだぐったりしている緒都を支えることで精いっぱいの瑚都のために、部屋の扉を開いた。なぜかここでも瑚都は緒都を支えながら、わざわざ僕の表情を見定めた。そのせいで、僕は前方から一瞬瑚都のほうに視線が逸れる。

え。扉を開けるのもNG？　だって緒都の手はもうドアノブから滑り落ちてしまっていたし、瑚都は緒都を支えているため両手がふさがってしまっている。

二人がよろけながらもどうにか部屋に入ったのを見届けたところで、素早く扉を閉める。

どういうことだ？　僕は閉めた扉を背に、束の間動けなくなる。

　緒都の部屋を目にしたのは一瞬だったけど、ある一点に目が釘付けになってしまった。


　僕は階下に降りていき、台所に入る。瑚都から許可を得ているからそこは気が楽だった。だけど具合のよくないあの二人に夕飯を作らなくちゃ、と使命感にかられているのは、哀しいかな、長いこと身近にいたエリーとシーザーの命を僕の作る食事でつないできたからかもしれない。


　パン工房や販売フロア、事務所と同じように一階にあるから、簡易的なものだとばかり思っていたら、広くはないもののわりとしっかりしたキッチンだった。

　機械的に冷蔵庫の扉を開け、ざっと中のものを確認する。冷蔵保管の調味料は一通り揃っている。ハムやブロックのベーコン、牛乳やヨーグルト、聞いたことのない、高級そうな銘柄のバターやジャムが大瓶で並んでいる。

　冷蔵室は満杯ではないけどスカスカからは程遠い。サイズが大きいものがいくつかあることで、つい最近まで家族で暮らしていた形跡が垣間見える。冷蔵庫の中に、さらに別の温度管理らしい半透明の引き出しがあったから、そこを覗いてみると肉と白身魚が入っていた。これが僕の家の冷蔵庫にはない、チルドってものなんだろうな。

その下の野菜室を開ける。トマトにキャベツにじゃがいも、玉ねぎ、にんじん、きのこ類と、メニューに頭を悩ませないですむくらいのじゅうぶんな野菜が保存されていた。

風邪の時や、免疫力、体力が落ちている人のために作る料理のメニューはいくつか思い浮かぶ。その中であの二人の症状に合うものを考える。なるべくたくさんの野菜を使いたい。せっかくだから白身魚も。無造作に、にんじん、玉ねぎ、マッシュルーム、といくつもの野菜を取り出す。

米ってどこにあるのかな。『キッチンとか、好きに使っちゃってください』と言ってくれた瑚都のお言葉に甘え、物色させてもらう。なんてことなく僕の家と似たような場所に保管してあった。

決定したメニューは、米から作る野菜をありったけ使ったリゾット。まな板を置き、シンクの上に吊り下がっていたピーラーでにんじんの皮剝(む)きを始める。

「城太郎くん」

後ろで聞き馴染んできた声がする。

「台所、借りてるよ」

振り向かず、作業を続けながら答える。頭の中の大部分を料理以外の事柄が占めていて、正直キャパオーバーだった。それでもほぼ毎日やってきた調理の手順によどみはない。

「うん、ありがとう。手伝うこと、ある？」

「コンソメどこ？　それだけ教えてくれたらあとはやるよ。瑚都ちゃんが具合悪いから俺が料理してんのに、手伝ってもらっちゃ意味ないでしょ」

「それは……そうだけど」

瑚都は近づいてきて、頭上の観音開き(かんのんびら)きの扉を開いた。そこには粉ものや乾物が、透明の小型密封容器に入れられて整然と並んでいる。密封容器のひとつひとつには瑚都のものとは違う筆跡で、砂糖とか塩とか小麦粉とか、中の物がなんだかわかるよう記したラベルが貼ってあり、瑚都の母親が几帳面(きちょうめん)な人だとわかる。

「コンソメは、右から二列目の、一番下」

「ああこれね。今リゾット作ってる」

僕は腕を伸ばして手のひらにおさまる形に作られた密封容器を取った。

「ありがとう。リゾット好きだよ」

「瑚都ちゃんも自分の部屋で寝てなよ。できたらスマホで連絡……」

「あ……えーと」

できなかったんだ、とため息をつく。

「いや、やっぱ呼ぶわ。大声で呼ぶから降りてきて」

「ありがとう」

瑚都は僕の態度がさらに硬化した原因がわからず、戸惑っている。背中からそういう気配が漂ってくる。

「たいしたことできない。口に合うかもわかんないけど」

「城太郎くん」

「ん？」

「ごめんね」

瑚都はそれだけ言うと、素直にその場を後にした。何に対して謝ったんだろう、彼女は。

まな板の上でにんじんを角切りにしながら考える。

さっき、緒都の部屋に彼女を運んだ時、部屋のすみに明律学院の制服がかかっていたのだ。部屋に入らないのであれば、角度によっては見えないこともあっただろうけど、僕がいた位置からはたまたま視界に入った。ネクタイの柄が特徴的だというくらいで、知っていなければどこの制服だかはわからないと思う。

これもまた、僕はたまたま知っていた。同じ塾で仲がよかったきむっちが入学した中学も明律学院で、その後何度か学校帰りに会っているから間違いない。

高校卒業あたりから時が止まってしまっているような緒都。もう卒業式は終わったはずなのに、まだ高校の制服が部屋にかかっている。

　でもなぜ緒都の高校が明律学院なのだ。僕の世界で緒都は、半分近くが東大に入るような、私立女子高の最高峰、桜山（おうざん）高校に通っていたはずだ。

　瑚都に高校がどこなのかを聞いた時も明律学院だと言っていた。つまりこの世界では、緒都と瑚都、二人は同じ高校に通っていたのだ。

　僕の存在がなかったことで瑚都は中学受験ができ、明律学院に受かった。それじゃあ、緒都が桜山高校ではなく明律学院に通っている理由はなんだ？　僕がいないことで緒都になぜそんな負の影響が生じたんだろう。直接的な接点はなかったはずだ。

　思い返してみれば、瑚都にも緒都にも、普通に考えて腑（ふ）に落ちないところがいくつもある。ほとんど部屋から出てこない緒都は、僕の世界の瑚都によく似た雰囲気を持っている。

　だから二人の見分けがつきにくい。瑚都と緒都、この世界の二人に好意こそあれ、僕が恋心を寄せる存在とは違う。だから恋愛に有効との説もある第六感はまるで用をなさず、見分けがつかないのかと思っていた。でも、それだけだろうか？

　そして、やっぱり、どう考えてもおかしいのがスマホの連絡先だ。自分が教えることができないから、瑚都が僕に聞いてこないのを好都合だと思っていた。店の電話番号だけを教えられている。

まだ正式な履歴書も出していない。僕がバイトに遅れたことはないし、今日出かけたのも待ち合わせはこの店だった。今のところお互いにスマホの連絡先を知らないことに不自由はしていない。

だけどこの先どんな不測の事態が起こって緊急の連絡が必要になるかもわからない。バイトの雇い主として、スマホの連絡先は交換しておくほうが絶対に安心に決まっている。

まただ、この違和感。

「城太郎くん、吹いてるよ」

「えっ」

いつの間にか戻ってきたのか、まさに吹きこぼれようとしていたリゾットの鍋をかけたコンロの火を、横からすっと伸びてきた指が消した。

温度調節もかき混ぜるのも忘れてぼんやりつっ立っていたのかと肝を冷やしたけど、どうにかお玉を持つ手だけは規則的に動いていたらしい。鍋の底に米が焦げつくのだけはまぬがれた。

「瑚都ちゃんありがと。休んでていいのに」

「わたしの謎の体調不良はもうかなり回復したし。それこそただちょっと疲れてただけだよ。今は城太郎くんのほうが気になるよ」

「そう?」

「気になる、って変な意味に取らないでね。城太郎くんひとり働いてて、わたしが休んでるのが、単に気が休まらない、って意味」

「そんなこと、慮(おもんぱか)ってもらえるような存在でもないんだよ、俺は」

「なに？　その言い方。そういう卑屈な言い方、本来の城太郎くんらしくないんだよ」

　真横から手を伸ばしてガスコンロのスイッチを切った瑚都は、その体勢のままでいたから、僕を振り仰ぐとかなりの至近距離になる。視線と視線が真正面からぶつかる。音さえしそうだった。

「いや……実際そうだし」

　瑚都はともかく、受験期に直接関わりのなかった緒都までが、どんなからくりで僕の世界とは違う中学高校へと進学したのかわからない。でも緒都のことを、大好きな姉だけど差がありすぎて苦しいと感じていた瑚都は、どうやらこの世界にはいないらしい。少なくとも現在、十八の瑚都に、緒都への劣等感に苦しむ要因は外側からは見えない。

　緒都に今とてつもない懊悩(おうのう)があって、瑚都が彼女を支える立場にあることを差し引いても、まるで瑚都のほうがいくつも年の違う姉のようだ。

それは二人が同じ中高に進学したことと関係があるのかどうかわからない。瑚都が自信をつけたからなのかどうかもわからない。

ただ僕の存在の有無しかこの世界ともといた世界に違いがないなら、岐路になったのは中学受験ということになる。

この世界のほうが、瑚都にとって断然負担が少なく居心地がいい。僕がいないこの世界のほうが、瑚都はずっと幸せだ。

優也、エリー、シーザー。自分がいないほうが誰もが幸せだと、あとからあとから突きつけられる。もう、心底うんざり。うなだれて目を閉じ、首を横に振る。

エリーの日記によって「生まれてこなければよかった」という長年日常に上手く溶かしてきた潜在意識が溶解度を超え、一気に姿を現した。そして実際に来た「生まれなかった」世界は、想像すら寄せつけないほど、僕にとって厳しい。

存在しない〝僕にとって〟だけ厳しい世界。

瑚都の曇りのない瞳を見つめながら、胸に打ち込まれた杭がじりじりと深く刺さっていくのを感じる。

束の間、僕は幸せな夢を見た。目の前にいる茶色い髪のこの子は、受験ができた瑚都、僕が将来を奪わなかった瑚都だ。僕は近くにいてもいい存在で、さらには頼りにさえしてくれている。

自分の判断の甘さが、一番大事な子の未来を奪ったという現実。それをこの世界のこの子の存在は一時、無にしてくれた。

「瑚都ちゃん、俺今日でバイト終わりにするよ」

「え？」

この子の近くにいれば、またこの子の未来を駄目にする。今、またこの子に、中学受験の時のような、人生の岐路が訪れているのかもしれない。

「ほんとはその柱の撤去だけでも挑戦したかった。だけどそんなことより……」

一刻も早くこの子の前から姿を消すべきだ。

「なに言ってるの？　なんか城太郎くん、すごく変だよ？　わたしが何か気に障ることしたの？　もしかして頼りすぎた？　緒都どころかわたしまで体調が悪くなったりするし」

「そういうことじゃないんだ」

「じゃあ、どうして？　こんなに急に辞めるって言いだすなんて、なにかがあったからに決まってる。急に辞めるなんて、何があったのかわたしは聞く権利があると思うけど」

「…………」

「なんかあったんだよね？　そうじゃなきゃ城太郎くんが、いきなりこんな無責任なこと言いだすわけないもん」

ちくりと、また何かが引っかかる。瑚都は前から僕を知っているような言い方をすることがたまにある。ここ一週間かそこらのつき合いじゃないような言い方。

それがこの子の人との距離感なんだろうか？　早くにどういう人物かを自分なりの尺度で見定めてしまう。

この世界において、僕にとっては再会、瑚都にとっては出会いになった迷子の幼児を助けるという行為は、瑚都にとって揺るぎない好感度につながってしまったのかもしれない。

現状、瑚都という子が人とどんなつき合い方をするのかなんて僕は知らないのだ。

ただ、瑚都が、以前から僕を知っていたはずはない。この世界に僕はいない。

「瑚都ちゃん勘違いしてない？　俺の何を知ってんの？」

「知ってるよ。見てればわかるの！」

瑚都は静かだけど激しい、叩きつけるような言い方をした。

「いくら姉妹二人いるからって、親も不在の自宅に見ず知らずのバイトの男を入れるなんて不用心すぎだよ、瑚都ちゃん」

「……誰でもってわけじゃない」

「やっぱあれだよな。まことくんを一緒に助けたからそれで一気に信用したんだろ？　甘すぎだよ。ああいうのが手だったらどうすんの？」

「なんでいきなりそんな下衆っぽいふりをするの？」

なんだかもう、心底どうでもいいと思う気持ちが胸の底からふつふつと湧いてきた。もとの世界にいればまわりの人間を不幸にし、ここの世界には戸籍も住民票もない。こいつ頭がおかしいと思えば、瑚都は僕を相手にしなくなるだろうか。

鍋の中の、緒都と瑚都のために作ったリゾットに視線を落とす。これだけでも食べてはしかったと場違いなことを考える。調子の悪い二人じゃ、デリバリーのメニューだと胃に負担になると思った。

でも考えてみれば、僕が人に不幸をもたらす存在だってことは、もしかしたらこのリゾットに何か身体に合わないものが入っている可能性もあるのか。

「俺、ここの世界にはいない人間なんだよね」

「えっ？」

おかしいと思うだろ？　こんな話を信じるわけがない。もっといろいろありえない話をしてやろうか。そうすればいくら他人の人格をいい方に考えがちな瑚都でも、きっと愛想をつかす。

「俺んち、すげえ貧乏なんだ。でも切り詰めて大学には行こうと思ってた。だけど大学受験に落ちてさ。自棄起こしてタンス蹴飛ばしたら壊れたんだよ。そんで、まあ、親が実は俺を堕ろそうとしてたって日記を見つけちゃったんだよね」

「……ええっ！」

「俺なんか生まれなければよかったのに……って願ったらその通りの世界に来ちゃったみたいでさ。この世界じゃ、俺のまわりにいたやつはどいつもこいつもずっと幸せになってた。母親に会いに行ったら女優になってた。添槇恵理子。変わったやつで俺が息子だってすぐ信じたよ。並行世界が舞台のＲＰＧのやりすぎなんだよね」

　エリーの情報まで垂れ流すのはどうなんだと、遥か彼方で警鐘がなっている。でももともとの話がおかしいんだから、瑚都が信じるわけはない。

「添槇、恵理子？」

「ああ、芸名があるんだっけな。なんだっけ……？　そうだ、月森琶子」

「月森、琶子……？」

「知らないのか？　瑚都ちゃんわりと芸能に疎いんだな。この世界じゃ結構なスターで、あれが俺を産まなかった場合の母親の姿だった。俺の世界じゃ十七で俺を産んだ後、キャバクラからスタートして今はクラブで働いてる」

「そんな……。信じられな……」

「すごくねえ？」

そう答えながら、ばかばかしさに笑いが込み上げる。なんの疑いもなく僕の話を信じているのか、瑚都は。信じられない、と言いながらも、真剣に耳を傾け驚愕（きょうがく）しているのがわかる。お人よしも過ぎるだろ。

証拠を出せと言われたら、何を出せるかなーと考えながら、そんなものはないか、といき着く。それでも信じるんだからエリーといい、瑚都といい、僕のまわりの人間の思考回路はどうなっているんだろう。

「ほんとに……ほんとに、ここに、この世界に城太郎くんは生まれてないの？」

「生まれてないよ。実は俺、瑚都ちゃんのこと知ってるんだよね。中学受験で通った塾って栄明（えいめい）アカデミーじゃない？　俺もそうだった。緒都ちゃんと同じで、俺はそこの特待生だった」

「………」

当たっているのか瑚都の顔色が、目に見えて、さらに青ざめていく。

「俺のいないこの世界でも同じことがあったなら、正月特訓の最終日に入試を控えた六年数人で初詣でに行ったはずだ。俺の世界では、俺は瑚都ちゃんと遅くまで話し込んだ。瑚都ちゃん、真っ白い鳩を追って塾の仲間からはぐれそうになってさ。俺はそれを追いかけた。その後二人で話し込んだ」

「……じょ、城太郎くん、それ……そのこと、おぼ、おぼ……」

「ま、俺のいないこっちの世界の瑚都ちゃんが、どう行動したのかわからないけど、少なくともひとりでずっと神社にいたなんてことはないでしょ」

「………」

瑚都は今や蒼白になった唇を震わせ、歯の根も噛み合わない。こんな話をあっさり信じるのか？　さすがにこの反応は想定外だ。だけどもうそれさえもどうでもいい。

僕がいなければ上向く瑚都の人生。せっかくこの世界には僕は生まれていないのに、わざわざ他の世界から来ただなんて、まったくもって迷惑な話だ。

「僕の世界の瑚都ちゃんはね、俺と話し込んだせいで喘息を引き起こして中学受験ができなかったんだよ。この世界じゃ明律学院なんて名門校に合格してるのに、俺の世界の瑚都ちゃんはたぶん公立中学に行った。母親の他に、弟や親友の消息を調べたけど、俺の世界よりずっといい人生を送ってる」

「……生まれてないって……」

僕の話を聞いているのかいないのか、瑚都の頭の中はまだ僕がこの世界に生まれていないという時点で止まっているらしい。それも当たり前か。次から次へと情報を出されても、飲み込めないことばかりだ。

「これ、味見はしたんだ。俺にはなんでもなかったけど、二人に食べてもらうの、正直不安になってきたよ。俺に関わるとろくなことが起こらない」

リゾットに視線を落とす。

「………」

「俺に関わるのは絶対によくない。デリバリーを頼んだほうがいいかも」

「………」

魂を抜かれたような瑚都の横をすり抜け、小さなテーブルに手をついた。

瑚都は何かを言おうと試みている。それはわかる。伝えようとしては断念、伝えようとしては断念、を繰り返した結果、深呼吸のように口を開け閉めするにとどまっている。どんな言葉を紡ごうとしているのかは不明だ。そして体は硬直し、動けずにいる。

一度話しはじめたら、長い間、胸のうちにため込みすぎて怨念にまで昇華したようなネガティブな感情が、止めどもなく口からほとばしり出た。

「人を不幸にしてるなんてこの年齢まで実は気づかなかったんだけどさ。こんな俺でも一応ささやかな夢があったしな。くっだらないちっぽけな夢だよ。他の人間にとっちゃどこにでも転がってる日常」

「……え?」

「将来は安定した職業について、普通の暮らしを送りたい。好きな子と結婚して子供持って、その子には贅沢(ぜいたく)をがんがんさせてやるの」

「……で、できるじゃない」

「できないよ」

「……どうし」

「この世界には俺が生まれてない。流産だってさ。あの状況で助かるってすごく珍しいことなんだって。なんかの間違いで、俺の世界の母親はその危機を乗り越え、俺を産んだ。俺はイレギュラーな存在ってことだ。並行世界がいくつあるのか知らないけど、俺はきっとどの世界にも生まれていない。そんな存在は淘汰(とうた)される。俺は家庭を持つっていう、そんな普通すぎる夢さえ叶(かな)わないいんだよ」

そこまで口にするとその言葉が自分に跳ね返り、僕自身を強くえぐった。

僕は椅子にかけてあったモッズコートを引っ摑んで大股(おおまた)でそこを去ろうとした。

「城太郎くん!　それは違う!」

今までとは打って変わったはっきりした口調で瑚都が強くさえぎった。

俺はかまわず、狭いダイニングキッチンから閑散(かんさん)としたフロアに出て、すっかり慣れたガラスの自動扉を手動で開ける。冷たい空気がフロアにどっと流れ込む。おかしなことに、まだキッチンにいるはずの瑚都の視線を感じた。

　今後どうしたらいいのかなんて、自分でもわからなかった。

　春が近いとはいえまだまだ冷える午後八時。それでも、あの真冬のような、指先が凍りつくほどの寒さはもうなかった。白磁のように冴え冴えとした月が、紺色の夜空に浮かんでいる。

7

栄明アカデミー小深川校舎近くにある神社の摂末社の玉垣の木の下、瑚都と語り合ったあの日と同じ風景の中に僕は佇んでいた。半分なかった玉垣はきれいに修復され、立ち入り禁止のロープももうない。

初詣で客でにぎわい、屋台の灯りが空気を緩ませていたあの夜と違い、今日は目からも寒さが入ってきそうなくらい侘しい眺めだった。参拝客はほとんどいない。

瑚都の自宅からここまで、十分と少しの道のりを一時間近くかけて歩いたことになる。

添槇恵理子が持たせてくれたお金はもう一万円を切っている。連日のホテル代に飯代。最初に数日分の洋服も買ってしまった。

添槇恵理子が、この金が尽きる前に、僕がここで自分なりの答えを得るとでも言いたげなまなざしをしていたのを、恨めしく思う。

バイト代が入ることを期待したけど、こんな事情だとは知らない瑚都は、店の帳簿を見ながら支払いは月末締め翌月二十日になるね、と言っていた。困ったな、と思いながらここまできてしまった。

あーあ、と嘆息し、モッズコートのスマホを操作する。時間表示と写真を撮ることしかできない、ただのカメラと化したスマホ。それも五分程度おくれていることに最近気がついた。たぶんこれは、僕の世界の時間を表しているんだろう。

時間とカメラ機能以外に、もうひとつだけこのスマホには残っている働きがある。たったひとつのサイトにだけはつながるのだ。それを知ったのは、この世界に来たその日、しかも数時間とたたないうちだったことを覚えている。パニック状態で、連絡できる場所をやみくもに探っていたんだから、そりゃすぐに気がつくってものだろう。

いわずもがな、「アナザーワールド」のサイトだ。

さっき感情のまま瑚都にぶつけた言葉は、こっちの世界に来てからずっと胸の底に沈んでいた恐怖だ。

僕はイレギュラーな存在。いくつもある並行世界の中で、僕が生まれたのは、僕がいたあの世界だけなのかもしれない。

添槙恵理子が語ったのと同じことを、いつだったかエリーも口を滑らせていたことを思い出す。妊娠していた時、ひどい切迫流産で入院した。普通だったら助からないような状態だったのに、とてもラッキーだった、と。

　本当にラッキーだったと思っていたのかどうかは別として〝普通だったら助からない〟。帰するところ普通じゃないのは、僕が生まれた世界ということになる。

　手の中のスマホをもてあましながら、答えのでない未来への行方に思いを馳せてみる。

　僕は乱暴に木の根の上に腰かけた。寒くなり、モッズコートのフードを被ろうとしたところだった。

「添槇くん……？」

　消え入るように弱々しい声が空気を震わせた。瑚都？　どうしてここがわかったんだろう？　摂末社の入り口付近に人影が見える。

「瑚都ちゃん？」

「よかった。やっぱり添槇くんだ。違ったらどうしようって……すごく怖かった」

　その子は高校指定のコートみたいなものを着込んでいる。最近は華やかな服装の瑚都らしくなかった。髪にもウエーブがかかっていない。

「え？　緒都ちゃんなの？」

「いや、えーと、うん。そう、かな？」

　目が暗闇に慣れてくると、どう見ても緒都だった。

「なんで？　なんでここがわかったの？」

「瑚都に聞いた」

「……えっ」

　どうして瑚都がこの場所を知っているんだ？　瑚都と僕が二人で互いの境遇の片鱗を語り合ったこの場所。僕の世界ではそういう出来事があったけど、この世界に僕はいないはずだ。瑚都がこの場所を知るはずがない。

「リゾットおいしかったよ、ありがとう。瑚都の一大事だと思うと吐かずに食べられるもんだね」

「は？」

「具合が悪いのはさ、食べられないからだってこともわかってた。少しずつは食べられるようになってたんだけど、今、一番頑張って食べた」

「どうして？」

「だって、どうしても、ここに来なきゃならなかったから。今度はわたしが瑚都を助けなくちゃ……って」

「………」

　どういう意味だ。聞き返して内容を把握する気力が湧かなかった。さっきまでのかき消えてしまいそうな緒都と違って、使命感だけが彼女を動かしているように見える。別人のよう。

「添槙くん、この世界に、生まれてないんだってね？」

「は？」

「知らなかった」

「…………」

何が、どうなっている？　瑚都ばかりか緒都までが、僕がこの世界に生まれていないだとか、並行世界から来ただとか、そんな奇々怪々な話をすぐに信じるのか？

エリーの場合は、それがエリーだから。脳がロゼッタダイヤモンドに支配されているせいで、相当に特別なんだと思っていた。けどもしかして、こっちの世界では並行世界の概念は一般論？

「座っても、いいかな？　隣」

「えっ……。あ、うん。どうぞ。冷たくないかな」

ハンカチなんてものは持っていない。

「大丈夫」

緒都はゆっくり僕の隣の木の根に腰を下ろした。後ろにはあの日と同じように、玉垣を形成する石の柱が何本も連なっている。

「びっくりしてるよね。何がなんだかわからない、って顔してる」

「そりゃ、そうだよ」

「さっきの瑚都だって同じだと思うよ。添槇くんがこの世界に生まれてないって話したんだってね。まだショック受けて座り込んでるよ」

「いや、俺だって。なあ、どういうことなのか、説明してもらってもいい？　瑚都ちゃんから聞いたかな。俺、この世界で母親に会いに行ったんだよね。俺を流産したはずの母親にさ。そしたらなんと一発で俺が自分の息子だって信じた」

「へえ！　それは驚きだね」

「驚き、なのか？　だって俺の母親だけじゃなくて、瑚都ちゃんも緒都ちゃんも、俺が並行世界から来たことを疑いもせず、すんなり受け入れてる。俺の常識じゃありえないよ」

「そうだよね」

「この世界じゃ、並行世界の概念が信じられてて、そんなに広く浸透してるわけ？」

「そんなことないよ。わたしだって最初はぜんぜん信じられなかった。悲しみすぎて、自分の頭がおかしくなったのかと思った」

「だったらなんで」

それにしちゃ、瑚都の話を受け入れて僕を迎えに来るのが早すぎやしないか？　あれからまだ一時間とたっていない。それなのに、この緒都の落ち着きようはなんだ？

「わたしだって、並行世界ってものを受け入れるのにはそれなりに時間はかかった。だけど受け入れざるをえなかった。ある意味、わたしがそれを受け入れるのには一番、楽な人間だったと思うよ」

「意味が、ぜんぜんわかんないんだけど」

「わたしが初めて目にした並行世界から来た人間って、自分だったんだよ」

「はあ？」

「わたし、緒都じゃないよ。瑚都。花辻瑚都」

「は？」

「そりゃ自分なんだからさ。人が知らない体の特徴から心の動きまで、微に入り細にわたって知ってるよね。なにより自分の内部からシグナルが出て、否定のしようもないの。目の前のこの子は自分だって」

「じゃ……じゃ、緒都ちゃんは、どこに？」

「緒都はね、死んだの。自分の受験の発表も見ずにね」

「え…………」

「受かってたよ、東大。桜山から東大って女子のエリートコースで、それをちゃんと成し遂げて、前途洋々だったのに。交通事故で……ね」

「………」

緒都は死んでいた……。

でも、桜山？　緒都は桜山高校。

やっぱり僕の世界の緒都と同じように桜山高校だったのか。あの日に見た明律学院の制服は、緒都じゃなく、この目の前の瑚都……だという子のもの……。

頭が整理できない。だってそれじゃ、瑚都が二人。同じ人間なのに雰囲気がぜんぜん違う。身長だって僕とずっと一緒にいた瑚都のほうが、一センチくらいは高い。

でもそうか。そういうことなのだ。いままでの、緒都と瑚都、二人に対する違和感がすーっと溶けていくような感覚がした。この子は緒都じゃなく、瑚都だ。だから僕は、以前は完璧に見分けることができた二人の違いが曖昧だった。今、容姿にかなりの変化が出てきた二人だというのに。

「話すことが多すぎて……。長い話になる」

「うん」

何から、どこから話せばいいのか、と、緒都……じゃなく瑚都は、抱えた膝の上に顎を載せ、二分くらいは前方を眺めていた。

まず、この世界には、その、どういうわけか添槇くんが生まれていないみたいだから、ここが添槇くんのいた世界とどう違うのかわからない。でも、そんなわけでわたしは添槇くんのことを知らない。その前提で聞いてね。

通っている高校はわたしが明律学院で、大学も内部進学でそこにいくことが決まっている。緒都は桜山高校から、受験で東大を目指していた。

緒都が東大受験を終え、二日後のことだった。自信はある。でもやっぱり発表を見るまでは怖いと言っていたの。

高校に報告に行って、地元の駅から自宅までの間で事故は起こった。交差点で信号待ちをしていた緒都は、右折のトラックに巻き込まれたの。かなりのスピードで内輪差を考慮せず突っ込んできて、ガードレールはひしゃげちゃってたよ。すぐ救急車で駅の近くにある昭堂医大付属病院に運ばれたの。知ってるよね？　目の前が公園になってるとこだよ。

手を尽くしたけど、三日しか生きられなかった。その間、緒都は一度も目を覚まさなかった。

　緒都が事故に遭って息を引き取るまでの三日間の記憶がわたしにはほとんどないの。何かを食べた覚えもないし、お風呂に入ったり誰かと会話した記憶もない。ただ病院から許可の出ている時間帯は、ずっと緒都の近くにいた。病室から追い出されても、一センチでも緒都の近くにいたくて、いつの間にか病院の前の公園のベンチに座っていた。

　何がなんだかわからなかった。ものすごい勢いの真っ黒い濁流に飲まれたような感覚だった。

　いつまでも家に帰らないわたしを、お父さんが公園に迎えに来たことをなんとなく覚えている。

　地獄ってこういうことを言うんだな、って感じていた。緒都のいない世界で、どうやってひとりで生きていけばいいのかわからなかったの。

　でもね。わたしに、他の地獄がその後にも用意されていたの。

　緒都とわたし。容姿やしゃべり方、雰囲気はそっくりだったかもしれない。だけど、性格はちょっと違っていた。緒都は真面目な優等生タイプで、親……特にお母さんの期待には完璧に応えるタイプだった。やっちゃいけない、と釘を刺されていることは絶対にしない、勉強以外でも優等生そのままだったの。

　勉強に関しては、小さい頃はわたしも頑張って期待に応えようとはしていたよ。だけど能力の差は歴然で、どうにもならなかった。わたしは小児喘息だった。小学校は休みがちで、体育は見学が多くて友だちに馴染み切れず、六年生の頃にはすっかり不登校になっていた。お母さんは厳しい人で、それも自己管理不行き届きだと、よく思わなかった。

わたしはお母さんのやり方や主張にたびたび反感を覚えるようになって、さらに期待に応えようとする気力が削がれていった。中学受験は苦しかったけど、地元中学に行きたくない一心で頑張った。緒都に水をあけられるのも辛かった。

こんなことを思うのは嫌だけど、お母さんは緒都を可愛がった。緒都のほうがずっとわたしより優れているとはっきり言われていた。

そして、そんな緒都が死んでしまい、残ったのは、容姿はそっくりなのに緒都じゃないわたし。緒都であってほしいのに、緒都じゃないわたし、瑚都だった。

わたしのことを、緒都だと思おうとしているのがわかるの。すごく辛かった。だけど東大入学は辞退しなくちゃならないし、なにより緒都が自慢だったお母さんには、どうしても違いが目について苦しくてたまらなかったみたい。

お母さんは壊れてしまった。なぜ死んだのがあなたじゃないのか、とわたしは毎日責められた。ただでさえ緒都が死んで自分が生きている意味がわからないのに、自分が感じる同じ疑問をお母さんから問われ、わたしはさらに追い詰められていった。食べ物を受けつけなくなって、ベッドから起き上がれなくなった。

わたしたちのそんな様子を近くで見ていたお父さんが、双方のために、お母さんをしばらくイギリスの生家に帰すことにしてくれた。お父さんは、精神がおかしくなってしまったお母さんについてイギリスに行った。そして、ここでおじいちゃんがベーカリーの営業を再開し、おじいちゃんがわたしの近くにいてくれることになったの。


そこで瑚都は息を長く吐いてしばらく黙った。確かに、僕の知る瑚都にこの子は非常によく似ている。僕が好きになった子の分身なんだな、と納得できる。

じゃあ、もう一人の、あの元気がいいほうの瑚都は？　あの子だって瑚都だ。間違いなく瑚都だ。


おじいちゃんが、この店を再び切り盛りしてくれることに決まったけど、自分の店をすでに他に持っていたから、そこの引き継ぎにある程度の日数を要するらしくて、すぐには来られそうにないって話だった。

わたしはその頃、もうすべてがどうでもよくて、ずっとベッドの中にいた。ご飯を食べていたのかどうかもわからない。お父さんやおじいちゃんから頻繁に電話があって、それさえうるさいとしか、感じなかった。

緒都が亡くなってから、まともに泣くことさえできない。涙腺に痛みや悲しみが詰まりすぎて、たぶんおかしくなって、機能が止まってしまった。吐き出すことができないの。苦しかった。すごく。

そんなある日、家の中に、わたしがいたの。まさにドッペルゲンガーだよ。

リビングで、カレンダーや新聞を確認してキョロキョロうろうろ挙動不審、かと思うと、取り憑かれたようにスマホをあちこち触りまくってて……とっても異様だった。

わたしって言っても、その子は髪の色は茶色だし巻いてるし、メイクもばっちりしてるし服もわたしが持っていない……女子大生みたいな服装だし、今のジャージにぼさぼさ頭の自分と比べると、健康的すぎてすごく奇妙に感じた。

友だちでも大学入学に備えて髪を染めたりピアスの穴を開けたりしてた子は多かったみたい、思い返せば。今でこそ、少しだけ時計の針が動いたって感じるけど、あの頃のわたしは、華やかな季節からは完全に取り残されていた。

そんなある日、並行世界から別の花辻瑚都は来た。

話してみたらやっぱり自分だと確信せざるを得なかった。でもわたしとその子じゃ雰囲気が違いすぎる。なぜなのか、少し話してみてすぐわかった。

その子、添槇くんが毎日一緒にいた茶色い髪のあの子は、四年後のわたしだったんだよ。四年後の並行世界から来てたの。だからあの子は、わたしたちと同じ十八じゃなく、二十二歳なんだよ。

二十二歳の瑚都にしてみたら、わたしは四年前の自分でしょ？　どれだけ辛かったか、一番わかっている存在だよね？　しばらく一緒に生活をすることになったの。わたしのそばにいてくれることになったの。


息を飲んだ。あの子が、あの瑚都が、自分と同じように、並行世界から来た人間？　だからすんなり僕の話を信じたのか？

ゲームの世界をそっくり信じる子供みたいなエリートじゃあるまいし、そんなことはありえないと驚いていたら、自分もそうだったからなのか？　確かにそれなら納得がいく。

二十二歳という年齢も、言われてみれば、そうかなるほど、と素直にうなずける。髪の色やメイクだけで、短期間であんなに大人びるわけはなかったのか。二十二歳にしては多少子供っぽいかもしれない。けどそれも、同い年だと信じ込んでいたことからくる先入観だろうか。

「緒都……じゃなくて瑚都ちゃんか。なんか慣れないよ」

「そうだよね」

「それにしても、瑚都ちゃん大変だったんだな。今まで」

「うん。でも一番きつい時期に未来の瑚都がいてくれたよ、わたしには。自分がいてくれた、ってすごくおかしな話だけどね」

「そうだな」

　僕が、無意識に自分が生まれていない世界を願ってここに来たのなら、四歳年上の瑚都が、この時期のこの世界に来たのも決して偶然じゃない。

「未来の瑚都がさ、神社のこの場所を教えてくれたんだよ。瑚都は添槇くんがこの世界に生まれてないなんて思ってもいなかったみたいでさ。すごいショックを受けてるの。昔ここで二人で話したことがあるんだってね」

「うん……」

「二十二の瑚都の世界には添槇くんがいたんだね」

　驚きと、興奮で胸が高鳴った。二十二歳の瑚都が僕を知っているということは、確かに彼女の世界に僕が生まれているということだ。この場所で小学六年の中学入試直前に、二人っきりで話した事実が彼女の世界でもあったということか。

「それ……覚えてたんだな、瑚都ちゃん」

覚えていたなら、今の今まで何も言わなかったのはどうして。はなから自分はいない存在で、瑚都からしたら完全なる初対面だと僕は思っていたから確かめることもなかった。でも思い返してみれば、初対面で名乗った時も、あの時も、この時も……と、瑚都は僕が自分を覚えていないことに落胆の表情を見せていたような気がする。それはあくまでも後づけの願望だろうか。

たとえ他の世界の瑚都だとしても僕を覚えていてくれたことが衝撃だった。自分の現実世界でも、忘れられているものだとばかり思っていたから。

僕にしてみれば、以前から気になっていた存在だけど、瑚都から見れば僕はいきがかり上二人で話しただけの、塾の他クラスの男子。あの頃百四十五センチくらいしかなかった身長は、この六年で三十センチ近く伸びた。髪型や顔つきも多少なりとも変わったし、駅やなんかで出会っても誰だかわからなくて当たり前だと思っていた。

昔、入試直前に神社で話し込み、自分を受験できない状態に追い込んだ男子がいたことは覚えているかもしれない。けどもうその子が目の前に現れてもわからないだろうと。

「未来の瑚都がさ、最初に添槇くんをバイトに誘った時ね。わけのわからないことをわたしに訴えてくるのよ。もう、すごい興奮状態で、添槇城太郎（じょうたろう）くんと会って、ここでお店の改造を手伝ってもらうことになった、とかいきなり」

「ふうん」

「わたしにしてみたら、誰それ？　って話でしょ？　で、未来の瑚都は、栄明アカデミーで一緒だった他のクラスの男子でさ、入試直前、神社で話し込んで――、みたいにくわしーく説明してくれたんだけど、わたし、さっぱり覚えがないんだよね。塾で、学校も違う他クラスの男子と仲良くなるほどコミュニケーション能力高くないし」

「そうだったんだ」

　初対面であの時の男子だと気づいたなら、どうしてそう言ってくれなかったんだよ、瑚都。君はこの世界に僕が生まれていないことを知らなかった。

「未来の瑚都はわたしが覚えていないこと、すごく腑に落ちないみたいに見えたよ。そんなに瑚都……わたし？　にとって重要な存在だったのかな、その添槇くんって？　って。それを覚えていないのはどうしてなんだろう、ってちょっとミステリアスな感じがしたよ」

「俺にしてみれば、瑚都ちゃんが覚えててくれたことのほうがミステリアスだよ」

「わたしが思い出せないのが、はがゆくてたまらないみたいだった。未来の瑚都の、大丈夫、絶対悪い子じゃないから！　って言葉に引きずられて添槇くんのバイト、わたしも了承したの」

「そうだったんだ」

「なんとなく未来の瑚都の様子から察するものがあって、添槇くんが、わたしが立ち直るための起点になる人のような気がして仕方なかった。実際、この精神状態で人に挨拶とか、よくできたなって自分のことながら不可解だったもん」

二十二歳の瑚都には、初詣での玉垣の記憶がちゃんとあり、それが目の前の僕と結びついていた。

だから、さっき花辻家のキッチンで僕が一方的にまくしたて、その場から去ろうとした時『城太郎くん！　それは違う！』と、あんな金切り声でさえぎってくれたのか。瑚都の悲鳴に近いあのセリフだけが耳に鮮明だ。

あの時、何の話をしていたんだっけ。そうだ。僕はどこの並行世界にも生まれていないイレギュラーな存在だから、きっと淘汰される。幸せな家庭を持つことも子供を持つこともできない……と、まさに心の叫びを吐露してしまった。

思い出すと赤面してくる。いくら感情が昂ぶっていたからって、瑚都にあんな自分の内面をさらけ出すなんて、どうかしていた。

僕はおそらく、いつだって瑚都に対して構えが緩くなる。心を許しすぎている。二十二歳の瑚都に対しては、恋愛感情がないぶん自分を飾ろうとしたり、心配をかけまいとするていた。

気遣いがなく、ただただ心を許せる存在なのだ。そして同じ思いと、同じ思い出を共有し

――わたし、生まれないほうがよかったんじゃないかな――。

――俺もあるよ。考えたこと――。

小学六年生のあの時のことを思い出すと、まともな会話をするのが初めてという間柄で、直感のまま互いを信じ合えた純粋さに気恥ずかしくなる。同時に胸が温かくなる。

僕の想いと瑚都のそれは、質としてまったく違うとはいえ、覚えているのが当たり前、と二十二歳の瑚都が感じるほど印象の強い出来事だったのだ。

勘違いするなよ、と自分をいさめる。二十二歳の瑚都を見てわかるように、彼女は今の辛い局面を乗り越えて、明るい四年後を送っているはずだ。瑚都の薬指の指輪を思い出せ。瑚都にはもうすでに、そういう人がいる。その人の話をされた時、なにか悩んではいるようだったけど、想いがなくなったようにはとても見えなかった。

つまり僕の世界の瑚都にもそういう相手がいる。

二十二歳の瑚都は、なんのためにこの世界に来たんだろう？　僕の場合は、自ら具体的な意思をもって来たわけじゃない。最愛の母親が自分をいらない存在だと思っていたという精神的なショックが、トリガーになって、その時に見つけたサイトで「自分の生まれて

いない世界」を思い浮かべた結果、ここに来てしまった。

　じゃあやっぱり二十二歳の瑚都は、「緒都を亡くした直後の自分がいる世界」を思い浮かべ、当時の自分を救うために来たんだろうか。でもその世界って無数にある。ああ、それは僕の場合にも当てはまるか。当てはまる……んだろうか。僕の世界にしか僕は生まれていないと思っていたけど、二十二歳の瑚都の世界にも僕は生まれていた。

　ともあれ、二十二歳の瑚都にとって、トリガーはなんだったんだろう。

「添槇くん、教えてくれない？　塾の帰りに未来の瑚都とここで話し込んだんでしょ？　何を話したの？　あんなに瑚都が添槇くんに執着したのはどうして？」

「執着なんてことはないよ」

「そうかなあ？　でもここですごく記憶に残る話をしたんだよね？　まともにしゃべったのがその一回で、その後会話もしなかったんでしょ？」

　正直、話すのは気が進まない。僕のせいで瑚都の運命は地に落とされた。でも、この子が聞きたいというのなら、もしかしたら聞く権利があるのかもしれない。自分の分身の話だ。

「んーっと、最初にさ、瑚都ちゃんが、双子ってどうして似た名前をつけるのかな、って言いだしたんだよ。ちょうど、ほらこの柱に名前が書いてあるのを見ながらさ」

僕はあの日と同じように振り向いて石柱の名前に触れた。杉山美織と彫ってある、あの時と同じ名前を指で探った。

「名前？」

瑚都は身を乗り出した。

「えっ！」

「なに？」

「名前が、ないんだけど」

「どれ？　どの名前？　ああ、この人ってこの間亡くなった区会長さんをやってた人だよね？」

「そうじゃなくて、この人と双子の杉山伊織さんの名前」

「双子？」

「双子じゃないの？　この人。この杉山美織さん」

「区会長さんは双子じゃなかったよ。地域の行事にもしょっちゅう顔出す名物的な人だったから、印象に残ってる。間違いないと思うけど」

「そんな……ことって」

でも現に、あの日絶対に杉山美織の隣にあった杉山伊織の名前がない。この人も、この世界に生まれていないってことなのか？

　そこで思い出した。沈丁花の香る通りの掲示板でこの人の訃報を見つけた二十二歳の瑚都は、杉山美織を双子だと言っていた。その後、僕を見上げて意味深な表情をしたのを覚えている。六年生の時に石柱に彫られた双子の名前を見ながらここでした会話を、瑚都も思い返していたのかもしれない。

　直感的に、目の前の瑚都に、杉山美織が僕の世界では双子だった事実を、話さないほうがいいような気がした。僕はつとめて落ち着いた声を出した。

「瑚都ちゃんが、生まれてこないほうがよかったかもしれない、って言ったんだよ。双子なのに緒都ちゃんと、持って生まれたポテンシャルが違う、みたいな悩みを打ち明けられた。俺もそれに共鳴する理由があったの」

「ふうん。あの頃のわたしが、そんな深い話をできる相手がいたんだね。……残念だな、この世界に添槙くんが生まれてないなんて」

「いや。それって違うよ。俺と、俺の世界の瑚都ちゃんは真冬に夜遅くまで話し込んだから、喘息の悪化で中学受験ができなかった。俺の世界の瑚都ちゃんは明律学院どころか、行きたくないと思ってた地元中学に進学したんだよ」

「そうか。でもそれって、一概に悪いとも言えないと思うよ？」

「どうして?」

「未来の瑚都、大学は明律学院だもん」

「えっ!」

「地元中学でも喘息はだいぶよくなって、女子高経由で明律学院に入ったみたいだよ?」

「未来のほうの瑚都ちゃんに、高校聞いたら明律学院って言われたけど……」

「それ、わたしのことを想定して答えたんじゃないかな? 一応この世界のわたしは中学から明律学院に通ってるからね。で、大学も内部進学で明律学院だけど、たぶん一般受験の未来の瑚都より、ずっと学力は落ちると思う」

「…………」

「受験ができなかった時は辛かっただろうけどさ。それをちゃんとばねに変えたよね。未来の瑚都は。添槇くんの世界の瑚都もそうなのかもよ?」

「そうなのかな。そうだったら……嬉しい」

「うーん。わかんないけど。並行世界の同じ人物同士、人格が似てると思わない? 自分しかわからないけど、二十二の瑚都とわたし、すごく似てる」

似ている。エリーも。優也も。瑚都も。

「そうだね。すごく似てると思う。でも……」

「わかる。似てるけど、違うよね」

「うん」

　そこで瑚都は首をうーん、と曲げてストレッチをした。

「未来の瑚都以外とこんなにしゃべったの、久しぶり。添槇くん、聞き上手だね」

「ここに瑚都ちゃんが来てくれたんじゃない。あんなにふらふらだったのに、使命感に駆られたみたいな必死すぎるオーラ出して、立ってたよ」

「タクシーで来ちゃった。いやになるくらい体力落ちてるよ。添槇くんのリゾットのおかげでだいぶ回復したんだよ、これでも」

　ほとんど外に出ていない瑚都が、タクシーを使ったとはいえよくここまで来てくれた。

「よかったよ、ほんとに」

「わたしは添槇くんに話したいこと、話せたかな。未来の瑚都と交代したいけど、ほんと不便だね、スマホが使えないと」

　瑚都は不服そうに唇を尖(とが)らせた。あ、瑚都の表情だ、と思った。

「やっぱりあっちの瑚都ちゃんもスマホ、使えないんだ？」

「そうだよ、面倒でしょ？」

「そうだな。生活に浸透してるものがないって意外と不便なもんなんだな」

「呼びに行こうよ、未来の瑚都と話したいでしょ？　あの子には、あの子しか知らない事情があると思うよ、添槇くん聞きたいでしょ？」

「うん。あと謝りたいな」

　そこで僕は場違いなことを思い、軽く噴き出した。

「なあに？」

「四歳年上の自分と一緒に暮らすってどんなもの？　ふだんなんて呼び合ってたのさ」

「わたしは普通に瑚都、って呼んでたよ。瑚都は添槇くんの前で間違えないように、ふだんから緒都って呼んでた。未来の瑚都はそう呼ばれるわたしの気持ちを気にしてくれてたけど、なぜかぜんぜん嫌な気持ちがしないの。呼んでるのが、同じ痛みを持ってる自分だからなんだろうな。未来の瑚都とわたし、二人で緒都を悼(いた)んでるような……不思議な感覚だよ。相手がお母さんだと、緒都と一緒にされるのはたまらないって感じたのにね」

　双子の片割れを亡くした経験なんて当然ないけど、それは正常な感覚とは違うと思った。でも、正常なことが正しいとは限らない。

　二十二歳の瑚都にも、ここの世界の瑚都にも、緒都に対して懐かしいという感情が湧くまでには、きっとまだまだ時間がかかるんだろう。

　僕と、この世界の瑚都はほぼ同時に立ち上がった。

8

少し離れた幹線道路を走る車のライトが、夜の闇に滑（なめ）らかな光を落としている。美しい夜だった。

脇道にあった摂末社（せつまつしゃ）から本殿に続く参道に出た時、僕らは同時に声をあげた。

「瑚都（こと）！」

「瑚都ちゃん」

「あんまり遅いから心配で来ちゃったよ。ちゃんと会えたのかなって。スマホで連絡取れないってホントに不便だね」

照れ隠しなのか困ったように笑う瑚都は、手に巨大な薄手のナイロントートバッグを持っていた。

「なに瑚都、その荷物。どうやってここまで来たの？」

「タクシー使っちゃった。瑚都ももう遅いからタクシーで帰りなよ。タクシー乗り場、そこにあるよ」

「ここまで来るのだってタクシーだったよ。行きだって瑚都がタクシー使えって言ったんじゃない」

「そうだっけ」

「まだぼーっとして椅子にへたり込んでたもんね、瑚都」

瑚都が二人で話しているという非常にシュールな画(え)だ。

二十二歳の瑚都は、もうこっちの瑚都のことを、緒都(おと)とは呼ばなかった。

僕らは二人でこっちの世界の瑚都をタクシー乗り場まで送る。彼女がタクシーに乗り込み、それが走り去るのを見届けてから、申し合わせたようにさっきの摂末社に戻った。二十分前にいた場所に、今度は他の世界から来た二十二歳の瑚都と座る。瑚都は巨大なナイロントートバッグから、えらく分厚い毛布を出してきて胸から下をぐるぐる巻きにして木の根に座った。

「おいしかったよ、リゾット。ありがとう」

「食べたんだ。なんでもない？　てか……」

瑚都の異様とも言える胸から下に視線が動いた。

「これか。さすがにここまで分厚い毛布、持って歩くのは恥ずかしくてわたしもタクシー使ったよ。重いしね」

「そ、そうか」

　ここにずっと座っていて受験ができなかったことは、瑚都にとっちゃ、自分史上最大の不覚、要学習事項だった、と思わざるを得ない出で立ちだ。もうここで風邪をひくのはこりごり、だと。

　それでも僕はここでもう一度瑚都と話したかった。寒いのがわかっていながら、ここまで来てくれた瑚都もそうであってほしい。

「城太郎くん、相当混乱してるよね？　瑚都に全部聞いたでしょ？　瑚都のこと、緒都だって騙しててごめんね。まさか城太郎くんも並行世界から来てたなんて思わないから。初対面でそんなこと話したら、即頭のおかしいやつ認定で、相手にしてくれないでしょ」

「いや、わかるよ。それは俺のほうもまったく同じ理由で黙ってたわけだし」

「そうか。こっちの事情として、緒都の死をお母さんが受け入れられなくてね。お葬式もやってないの。そのままにしておくわけにもいかないから、死亡届を出してごく近親者でお骨にはした。お母さんは火葬場の式にも出られる状態じゃなかったよ。そのまままだイギリスで療養してるの。近所の人は、このへんで死亡事故があったにもかかわらず、それが誰なのか知らないと思う」

ふいに、エリーがこの近辺の交差点で事故があったことを保護者会で聞いてきて、内輪差についてシーザーに切々と説いていたのを思い出した。

「事故って……緒都ちゃんだったのか……」

「うん」

「聞いたよ、辛かったね。こっちの世界の瑚都ちゃんには君がいたけど、瑚都ちゃんの時には支えてくれる人が誰もいなかったのに、よく耐えられたね。四年前の話か」

そこで瑚都は微妙に茶目っ気のある表情をした。

「ねえ二十二歳ってわからなかった？　疑わなかった？　こいつ十八のわりにふけてんなって思わなかった？」

「いや、大人っぽいなくらいは、感じたよ。だけど年齢疑うとか、ぜんぜんそんな域じゃないよ」

「そうか、それは超嬉しかったり」

「瑚都ちゃんこそ、俺のこと覚えてたんだな。俺は最初からこの世界に自分がいないとわかってたから、瑚都ちゃんが知らないのは当然だと納得してた。仮に生まれてたとしても、まともに話したのが六年前の一回だけなんて男子は、覚えてなくて当たり前だよな。容貌も変わってる。だから瑚都ちゃんが覚えててくれたのは、めちゃくちゃ嬉しかったよ」

「覚えてたなんてもんじゃ……ないんだけどな」

消え入りそうな声だった。

「え？」

「再会した時さ、城太郎くんが何も言わないから、やっぱり忘れてるんだ、って思って、実はすっごいショック受けてた」

「だって、俺、この世界に生まれてないんだもん。瑚都ちゃんが知ってるわけないと思うでしょ。だから言えないでしょ、覚えてるか、なんて」

「そうだったんだね。いまだにこんがらがるよ」

「な！」

そこから僕たちは、しばらくどちらも口を開かなかった。何をどう聞けばいいのか、どう話せばいいのか、お互い計りかねているような気がした。聞くには、自分の事情も話すしかないから。

「俺の母親はシングルマザーで、十七で俺を産んだんだよ。大学受験失敗を知ったどん底のタイミングで母親が、俺を堕胎（だたい）したがっていたことを知った」

「え！　確か仲がいいって、言ってなかった？　小六の時」

あの玉垣（たまがき）の中で話したことだ。そんな昔のことを瑚都は覚えていてくれた。あの時の会話の内容まで僕の世界でのことと同じなのか。心が温かくなった僕は、その気持ちに押されるように舌が滑りだした。

「俺なんか生まれないほうが母親も、まわりの人間もずっといい人生を送れる。そういう考えで頭の中がいっぱいになった。俺の世界では、瑚都ちゃんと受験直前にここで話し込んで、瑚都ちゃんは体調を崩して中学受験ができなかった。でもこの場所を知ってるってことは、瑚都ちゃんの世界でもそういう事実があったってことだよな?」

「あったよ。だけどぜんぜん後悔してない。あの頃わたし、小学校でいじめられてて、緒都以外の人と話したのがすごく久しぶりで楽しかったの。あとね、自分と波長が重なるような人に出会えたのが、新鮮な驚きだった。世の中にこういう人もいて、こんな楽しい時間も過ごせるんだ、って、自分の中で何かが確実に変わったの、あの時」

「……マジか」

「だから、受験できなかったことより、城太郎くんとあの時間を過ごせたことのほうがわたしにとってはプラスなんだよ」

「…………」

声が出ない。こんな顚末(てんまつ)があっていいのだろうか。だけど瑚都の言葉は真っすぐで、微(み)塵(じん)の不純物もない。

「喘息もだんだん落ち着いてきたしね。城太郎くんと神社で話してから意識が変わったせいか、地元中学では新しい友だちがたくさんできたよ。巻き返しなんていくらでもできる年齢だったんだよね」

「……今から思えば、そう、なんだろうな」

「中学受験ができなかったことは、確かにすごく悔しくて……それがわたしの中で大きなばねにはなった。そのばねはね、時間はかかったけどちゃんと効いたよ。わたし、大学受験で明律学院に受かったよ」

　瑚都は、中学受験で明律学院を第一志望にしていた。学校の雰囲気に惹かれると語っていた。

「そうだってな。聞いた時、救われたような気がした」

「それなのにさ、城太郎くん、あれ以来駅で見かけたりしても見向きもしてくれないし。友だちがたくさんいた子だから、忘れちゃったんだろうな、波長が重なるなんて、自意識過剰だったのかって、めちゃくちゃ落胆してたんだよ」

「いや。忘れたことなんてなかったから。あんなことしといてどの面下げて話しかけられるんだよ」

「……思ってることって、口にしないと、伝わらないもんなんだね。お互いに相手はこう感じてる、って自分の中で凝り固まってた。物事の裏表、誤解って、こういうふうに生まれちゃうんだね」

　瑚都は、僕が考えているよりずっと強い女の子だった。中学受験というたったひとつの、でも危ういブロックを抜いただけで、人生のジェンガががらがらと崩れてしまうような、そういう子ではなかった。それを十二歳だった僕が見抜くのは難しすぎる。でも、僕が成長していく過程で、瑚都がいつまでも悲嘆にくれて恨んでいると決めつけるんじゃなくて、そうじゃない可能性を考えてみることはできたんじゃないのかな。

「瑚都ちゃんの気持ち、知れてよかった。俺、いろんな配慮が足りなかった」

「わたしも、配慮が足りなかった。城太郎くんがわたしの中学受験に対して罪悪感を覚えてるなんて考えてもみなかった。だってわたしが強引に引き留めたし、助けてもらった。友だちの多い城太郎くんに、わたしから話しかける勇気なんてなかった……けど」

　そこで瑚都の声は尻すぼみに小さくなり、やがておかしな具合に口を閉じた。まだ何か言いたいことがあるのかもしれない。だけど瑚都が話したくなったタイミングでちゃんと聞かせてもらえるような気がした。

「そんなわけでさ、俺って人に不幸を与える存在なんじゃないの？　いないほうがまわりの人間のためになるんじゃないの、って絶望した俺は、無意識にスマホを操ってて、そこで見つけたのが〝アナザーワールド〟ってサイト。それをタップしたのかもしれない。よく覚えてねえ」

「やっぱりそのサイトか」

「そしたら俺が生まれてない世界に、ほんとに来ちゃったよ」

「城太郎くんがいない世界なんて、ぜんぜん実感ないよ。信じられない」

「強い感情がトリガーになってるみたいだろ？　俺の場合、時間はほぼずれてない。でも瑚都ちゃんは四年も前の、自分が一番辛かった時期に来たのは、そう願ったから？」

「……わかんないけど、もしかしたら無意識にそれも願ったのかもしれないね。でも、それだけじゃないっていうか、むしろそれがたまたまこの時期と重なってただけなのかも。自分のことだからね。緒都の死は、苦しいけど、ひとりでちゃんと乗り越えると、信じたかった」

「……？」

瑚都の言葉が曖昧でよくわからなかった。

「えーと……」

「瑚都ちゃんが辛い時期を乗り切るのはわかるよ。この世界の瑚都ちゃん、最初に会った時でも心身ともに衰弱してたけど、瞳は死んでなかった」

「ありがとう、って言うべきか」

「どういたしまして。率直な感想」

「…………」

「…………」

瑚都は額にしわが寄るほどの上目遣いで前方を睨み、黙った。たぶん僕が、自分がこの世界に来たきっかけになった出来事を話したのに、自分は黙っていることを心苦しく思っている。

「んーっと！　もう……えーとね……」

相当話しにくいことなのかな。瑚都が微妙に挙動不審だ。

「無理して話さなくてもいいって」

「だからー。そういうのが誤解を招くんだって」

「まあ、そう言うなら」

瑚都は両手で口元を支えてしばらくじっとしていた。そして、唐突に口を開く。

「わたしにも、緒都が死んじゃったこの時期を支えてくれた人がいたの。その人も自己否定するほど辛いことがあって、って言ってもぜんぜん詳しく聞いたわけじゃないんだけど。でも支え合うことでお互いに辛い時期を乗り切った」

ズキンと胸が痛む。瑚都の薬指には今日もごついシルバーリングが嵌まっている。

「そっか」

「お母さんは四年たった今もイギリスにいる。でも半年後に戻ってきたお父さんとおじいちゃんとその人が、力を合わせてベーカリーを立て直したよ。力仕事が多いから若い人がいてくれて助かったって、うちの家族は感謝してる。わたしが大学三年の時ね、おじいちゃんが倒れて余命宣告も受けてしまったの。おじいちゃんは、その……彼のことをとても気に入ってて、お互いに気持ちが固まってるなら、自分が生きているうちに結婚してほしいって言ったのね」

「えっ！　じゃ瑚都ちゃん結婚してるの？　それってただのペアリングじゃないの？」

「彼はうちのパン工房見習いで、わたしは大学生。お金がなくて指輪は買えなかったし、わたしはこれがよかったの。このリングがよかった」

「そう……なんだ」

つき合っている時に買ったペアリングをそのまま結婚指輪にしたってわけか。

心臓がきりきり締め上げられるように苦しくなっている。僕は、最後までこの話を冷静に聞けるだろうか。僕の世界の瑚都の、未来の話ってことだ。

「彼はね。わたしと知り合ってなければ、ちゃんと大学に行ってたと思う。ゲームが好きなんだけど、もう趣味の域を完全に超えてたらしい。独学でプログラミング言語まで操れるようになってた」

「……へえ」

「法和大学の教授がね、ゲームは今や日本の知的財産だと公言してて、コンテストを開いてるの。入賞した人の他にも有望な人材は自分の講義を受けてもらうために、大学のＡＯ入試合格も考慮に入れるコンテスト。その大学の情報科学部デジタルメディア学科が主催してる」

「へえ。そこまで大掛かりなコンテストって、知らなかったな」

法和大学は私大の難関大だ。そういう大学がそこまでゲームプログラマーの養成に力を入れる時代が来るのか。

「開催がまだ二回目だから」

「ふうん」

瑚都は両手のひらを合わせて親指で顎を支えている。一見すると神様の前で手を合わせているみたいだ。その姿勢のまま、横目で確認するようにちらりと視線を僕に振る。

「城太郎くんも、自分の出生に関する何かを見つけちゃったことが、感情の引き金になったんだよね？」

「そうだと思う」

「わたしも見つけたの。彼、そのコンテストで最優秀賞を取ってたんだよ」

「えっ。すごいじゃん」

「でしょ？　才能があるの」

「じゃ、その教授の推薦でこれから大学に入るの？」

「それが、頑として入らないって言うのよ。おじいちゃんが倒れた今、お父さんしか職人がいなくて、ベーカリーを放っておけないって」

「なるほどな」

「彼はもともと安定した優良企業のサラリーマン志望なの。でもきっと本当の夢はゲームプログラマーだと思う。なのにわたしとつき合って、わたしを支えるため、パン職人の修業なんか始めてしまった。パン職人だってそりゃ立派な仕事だけど、彼の希望する安定した職業からもやりたいことからもかけ離れてる」

「……それで、自分と出会わなけりゃよかった、って瑚都ちゃんは考えたのか」

「この時期に再会したんだよ」

「再会？」

「そう。わたしにしてみたら四年前、緒都が亡くなって、生きる活力がなくなって、孤独で……。その時期に再会しちゃったの」

「そのせいで、彼が進学しなかったとか、なんかそういうふうに考えてんのか？　でもその人の、その時期の辛さを支えたのも瑚都ちゃんなんだろ？」

「それはちょっとだけあるかもしれない。だけど彼が、お母さんにまで存在を否定されたわたしの孤独を、放っておけなかったのが一番大きいと思った」

「思い込みなんじゃないの？」

「わかんない。それこそさっきの、中学受験後のわたしと城太郎くんの話じゃないけど、今となっちゃわかんない」

「そう。思ってることは口に出さないと伝わらないよね」

「でも、その教授の大学には行かないって聞いた時は、わたしは、彼と再会しちゃいけなかったんだと思ったの。四年前のこの時期、わたしと再会さえしなければ、あの人の未来はぜんぜん違うものになってた。頭の中がその思い一色で染められちゃったの」

自分と同じだからわかりすぎるほどわかる。思いつめすぎると他の思考が入ってきてくれない。

「それで、サイト巡りしてて、あのサイトを見つけたのか」

「うん」

あの時の僕と同じで、自分という存在に絶望しながら、ネットでなにか糸口を探していたに違いない。そこで瑚都も出合ってしまった。「アナザーワールド」というサイト。

今にして思えば、人が放つ強烈な負の感情を吸引して、誘い込むように入り口をタップさせるサイトだ。瑚都はそこで無意識に念じたんだろう。四年前に戻りたい、再会したくない、再会しない未来を選択したい、と。

「それで瑚都ちゃんが来たのが並行世界の四年前？　自分の世界の過去には戻れない仕組みなのかな。自分の世界の歴史を変えるのはＮＧってこと？」

「わかんないけど、この世界が最適だったんだよ。出会いたくない、っていうわたしが望んだことにぴったりだった、みたいだね」

「どうして？」

「この世界には、彼が……生まれてなかったから」

「は？」

「生まれてないんだから出会いようがないでしょ？」

「…………」

え。待て……。その彼って。

え。まさか、まさかな。

自分の意志に反して、ずっと絞られ続けていた心臓が、一気に緩(ゆる)んで、今度はバクバクと異常な量の血液を身体中に送り出しはじめた。

いや。早とちりかもしれない。だって僕の世界にも目の前にいる瑚都の世界にも生まれていた杉山伊織(すぎやまいおり)ばあさんはこの世界にはいない。僕や杉山伊織のような人が、他にもいるのかもしれない。

「わたしが自由に生きてほしかったのは、あくまでわたしが好きな自分の世界の彼だった。だから四年前に戻って再会する場所に行かなければいいんだって思ってたのに」

「…………」

「四年前に戻ったら、傷心で立っているのもおぼつかないわたしがいるじゃない。だから並行世界だとすぐにわかった。この状態の瑚都と彼を会わせたら、この世界でも同じことが起こると思ったの。だからわたしが代わりに出会うことにしたんだよ。落ち込んだ状態の瑚都じゃなければ、お互いに共鳴し合うことはないでしょ」

「…………」

「四年前、彼に再会したあの日はわたしと緒都の誕生日だった。わたしは緒都の誕生日ケーキを買うために緒都が亡くなってから初めて外に出た。日にちがはっきりしてたから、彼と出会った場所で待ち伏せしたんだよ」

「……その、再会するはずの、彼を？」

今、声を出したのが自分かどうかも、よく、わからない。

「そうだよ。あの日と同じように、めちゃくちゃに暗い顔をして歩いてきた。二人で男の子を助けたの。って言っても、当時のわたしは自分も助けられてるようなもんだったけど」

「こ、瑚都ちゃん……か、かれ……」

だめだ……。声帯がまともに機能しない。

「手品、してみせようか？」

「え？」

「城太郎くん、Crossroadsのリング持ってるよね？　中学のバド部引退の時に三年のみんなで買ったリング。最近見ないけど、最初に会った時指に嵌めてた」

「ああ、これ？」

モッズコートのポケットからリングを出して瑚都に見せた。瑚都は自分の薬指からリングを抜き取った。

「なんと、裏に彫ってある言葉が、こっちのリングにもコピーされます！」

瑚都は一度僕のリングを受け取り、二つを一緒に握りしめた。

「は？」

「手、出して」

おそるおそる左の手のひらを上向けて瑚都のほうに突き出すと、彼女はその上に二つのリングをそっと載せた。

僕はサイズの違う二つのリングの裏側を確かめた。中三の時に、部室でバド部のみんなと、それぞれ好きな言葉を裏側に彫りつけたのだ。ひとりだけ中学でバド部を辞める僕は、いつか未来のどこかの時点で、今いる仲間と同じ生活レベルまで上がっていますように、いつか物事を同じ目線で楽しめますように、と願いを込めて〝Someday〟と彫った。

「嘘……な、んで」

二つのリングには、そっくり同じ、不格好で稚拙な筆致のアルファベットが彫りつけてあった。

〝Someday〟

「これね、ペアリングじゃないよ？　結婚する時、城太郎くんのリングを、わたしの指のサイズに直したの」

「結婚する時……って？　え？　誰と、誰が……？」

「そう改めて聞かれるのも変な感じだよね。わたしは、わたしの世界の城太郎くんと、大学三年の時に結婚したの！」

「…………」

「これが証拠でしょ？」

硬直して、口まで半開きの僕の手のひらから瑚都はサイズの小さいほうのリングをつまみ上げた。

「こっちの世界に来てよかった。冷静な判断ができなくなるくらい頭に血が上っちゃって、城太郎くんはわたしに出会わなければもっと建設的に自分の将来を考えた、って思いつめてしまった。たまたまわたしと再会したタイミングが、安全圏の大学に落ちて自棄（やけ）になってた時期だった。それ以外にも……さっき聞いちゃったけど、難しい背景があったんだね。知らなかったことが、今は申し訳ない気持ちでいっぱい。だからあそこまで自棄になってたんだ」

さっき聞いちゃった、と言ったのは、きっとエリーの話だろう。十七歳のシングルマザーが息子を堕胎しようとしていた話。

未来の僕は、そのことをきっと瑚都に打ち明けていなかったのだ。

「こ、瑚都ちゃん」

「なに？」

「なんで〝彼〟……なんて、ずっと、言い渋るのか、なかなか核心に迫ってくれないから……。俺、心臓破れそうだったんだけど」

　瑚都は怒ったような調子で口を開く。

「どこで気づくかとずーっと待ってたのに、城太郎くん、最後まで気づかないから呆れちゃったよ！」

　ふいっと横を向く。夜風に揺れる髪から覗いた耳が赤かった。

「気づくわけないじゃん」

　そこで瑚都は僕の顔を正面からまともに見る。きらきらした双眸に映り込んでいる男には、自分さえいなければ、と追いつめられていた時のような悲愴感はもうなかった。

「わたしもしばらくこの世界にいて頭が冷えたよ。城太郎くんも今は落ち着いたんじゃない？　さっきベーカリーから出ていく時に、自分の切迫流産は助かることのほうが珍しかった。自分は並行世界の中でもイレギュラーな存在で、結婚も子供を持つこともできない、って言ってたけど、違うでしょ？　わたしの世界の城太郎くん、城は、現にわたしと結婚してるよ」

「めっちゃ嬉しいよ。グッジョブ俺！　って感じ」

「それだけじゃないんだ」

「え？」

「城太郎くん、子供……持てます」

喜びと照れ隠しを含んだような呟きが、夜の神社の空気を震わす。

「え?」

「…………」

そこで目についたのが、過剰なまでに分厚い毛布で包んだ瑚都の胸から下だった。

「え……っ。まさか……まさかと思うけど」

「さっき……思い至ったというか……。たぶん、たぶんなんだけど。体調不良の理由」

「……グッジョブ、俺」

「俺、じゃないよ。わたしの世界の〝俺〟」

「そうだな」

「そうだよ。そっちの世界の未来は、これから城太郎くんが作るんだから、どうなるかわかんないんだよ? この子は、わたしと城が紡いだ絆で、これから築いていく二人の歴史の新しい始まりなの。宝物なの!」

瑚都は毛布の上から腹部を守るように抱えた。

「じゃ、瑚都ちゃん。自分と、そっちの世界の城が再会しなければよかったって考えはもう……」

「改めたよ。何も四年前まで遡ってやり直さなくたって……まあそんなことができちゃうと思わなかったけど……ちゃんと修正はする。できる！　せっかくの才能もチャンスも、うちのベーカリーのためにふいにされるなんてたまらないよ。それでも大学に行かないって強情を張るなら、離婚するって脅してやる」

「城はきっと大学に行くよ」

「城太郎くんはどうするの？」

「俺は……」

頭の中を数多の考えが駆け巡る。これから自分の世界に戻れば、人生で一番傷ついた状態の瑚都に再会する可能性が高い。ぎりぎりのやり繰りで計画的に貯めてきた国立大進学への貯金のこと。安定した生活と、自分の本当にやりたいことの折り合い。

そうなんだよな。僕は、安定路線を外していいなら、ゲームを作る側の人間になりたい。でも、安定に夢を混ぜ込むことは、ここまで僕のために切り詰めた生活をしてくれたエリーやシーザーに対して、わがままだろうか。二人はそういう進路選択に、もろ手を上げて喜んでくれるだろうか。

城が家族のためによかれと決めた選択に、目の前の瑚都は、再会しない方がよかったとまで自分を責めている。

「まわりの人間のために安定を考える生き方は、城太郎くんらしい優しさにあふれてると思うよ。ただ安定と夢の両立くらいは、得意の計画で乗り切れるんじゃない？」

「得意じゃないじゃん。大学落ちた」

「やり直せるよ。わたし中学受験の失敗、大学で取り返したもん」

　そこで瑚都は、二枚の写真を僕に差し出した。一枚目の写真には、瑚都と、僕に生き写しの男がこぼれんばかりの笑顔で肩を並べ、ピースサインをしている。

　二枚目の写真は、瑚都と僕とエリーとシーザーの四人が、狭い枠にぎゅうぎゅうに収まっている。自撮りらしい。

「裏に書いておいた。法和大学の情報科学部で、二年後から大掛かりなゲームプログラミングのコンテストが開かれる。浦西善三（うらにしぜんぞう）教授」

　僕と瑚都、二人の写真を指さす。

　ここなら……。確かに難関大学だけど、私立最難関ではない。今年受けた——落ちたけど——国立大のほうが偏差値的には上だ。私大ぶんの学費を貯めるのに、一年がっつりバイトしながら学力を落とさない勉強量を確保することは可能だろうか。

「ありがとう。瑚都ちゃん」

「もう、お互い大丈夫だよね？　その……お母さんのこととか」

「うん。わだかまりが全部消えたかって言われれば微妙だけど、冷静になってみれば悩んで当たり前のことだよな」

アイドル志望の十七歳が不倫相手の子を妊娠。親とは絶縁状態。その子がいなければ舞台の大役が待っている。その夢を追いかけてエリーは東京に出てきたんだ。それなのに不倫だ、妊娠だ、って何をやってんだよ！　自分も自分の未来も自分で守れよ！　って今の僕ならどやしつけると思う。

けど、こっちの世界で成功を手にした添槇恵理子に会った僕は、失敗を犯したエリーが悩む気持ちが痛いほど理解できてしまった。理解と納得は違うけど、エリーが今まで僕に注いできた愛情に嘘はない。自分のことはいつも二の次で、僕を優先してきた時間に嘘はない。

「貴重な体験、かな」

「そうだな、頭にくることにこの世界は俺を必要としてない。俺がいなくても誰も困らないってことが身に染みてわかったよ。たぶんどこの世界も俺を必要としてない」

「明るい顔して絶望的なこと言うね」

「まあね。わかったんだよ。必要としてるのは俺のほう。花辻瑚都のいる世界、親や弟や、仲間がいる世界を俺のほうが必要としてるの。いい人生を歩むために」

普通のテンションじゃ口にできない言葉が、魔法のようにぽんぽん出てくる。

「うわあー。添槇城太郎、成長したね！」

女優としての成功か、俺を産んだ人生のどちらかを選べと迫られても選べない、と添槇恵理子はしごくあっさり白状した。それならエリーには、俺のいる人生のほうが幸せだったと、産んでよかったと思わせてみよう。

瑚都がうつむき、苦い表情で呟いた。

「添槇城太郎のいないこの世界を生きる花辻瑚都が、幸せでありますように、と願うよ。あの子が心配」

「この世界の瑚都ちゃんも、きっと誰かと出会う」

「そう信じる」

「おう」

「複雑だったね。リアル並行世界」

「俺の近くにいてくれて、ありがとう」

僕を自分の家のバイトに誘ってくれて、瑚都は近くにいてくれようとした。

「四年前の、自分のことで精いっぱいだった時じゃわからなかった。城太郎くんも、ものすごく傷ついてたんだね。受験に落ちたってだけじゃない、もっと、ずっと複雑な事情があった。再会した時の顔色に顔つきっていったら、すごかったからね」

だから瑚都は近くにいてくれた。

「もうわたしたちは大丈夫」

「おう」

明日からおじいちゃんが来られることになったんだって、もうわたしがいなくても瑚都は大丈夫。さっき話して手紙を渡してきたよ、と瑚都は寂しそうな顔で笑った。

この世界の瑚都は、四年後に自分はこんなに元気になっている、と今隣にいる瑚都を毎日目の当たりにしていた。それだけでかなり違うはずだ。

僕はポケットからスマホを出した。

瑚都もポケットからスマホを出した。僕たちのスマホで、ネットにつながるサイトはひとつだけ。

それぞれのもとの世界に戻りたいという強い感情は、今、メーターの針を振りきるほどに胸に詰まっている。「アナザーワールド」のサイトを起動させる唯一のトリガーだ。

「元気でね」

瑚都がハイタッチを促す手のひらを頭上に上げた。

「おう！」

僕はその手にタッチをする。手のひらが合わさった形から、お互いに指をたがいちがいに曲げ、きつく握り合った。僕は顔を見られたくなくて頭を下げた。激流のように様々な感情が、今手を握り合うこの子に対して湧いている。下を向いた鼻先から、涙が一粒地面に落ちた。

好きな人に、顔も、たぶん性格もそっくりな、違う世界の君。

恋愛感情ではなかった。僕の中にはすでに別の恋愛感情があって、それを押しのけることは、きっと誰であっても適わないんだろう。でも、この世界で君に出会えなかったら、ここまで自分の気持ちに明るい変化が起こることはなかったはずだ。

「ありがとう」

万感の思いを込めた言葉が落ちる。

「こちらこそ、ありがとう」

僕の手を握る瑚都の指の力が強くなった。顔を上げ、瑚都を見ると、スマホを持ったのと反対の手で強く口元を押さえて下を向いていた。

「瑚都ちゃん、城と、生まれてくる子と仲良くな。おめでとう」

「うん」

やっと顔を上げ、えへへと泣き笑いの表情を見せる。いつの日も変わらない僕の大好きな笑顔だった。

どちらからともなく、やっと手を離す。

「城太郎くん、このまま、帰る?」

手の中のスマホに視線を落とし、それと同時に足元が目に入る。

「あー……」

伸ばした足の先に、僕には身の丈に合っていない拝借したままのスニーカーが映った。

「なに?」

「お借りしたスニーカーを返してから戻るわ。自分の世界」

「もう、変なやつ」

「見送るよ」

瑚都は唇を嚙みしめてうなずいた。自分のスマホ画面を、震える人指し指で触れた。

しばらくして、瑚都の姿はゆらゆらと闇に溶けだし、やがてはぜんぜん見えなくなった。

僕は借り物のスニーカーをお返しすべく、腰を上げた。


この世界には、僕が生まれていない他、杉山伊織ばあさんも生まれていなかった。イレギュラーな世界は、もしかしたらここかもしれない。とっさにそう思った僕は、この世界の瑚都に、他の世界には杉山美織の双子の姉か妹がいるということを口にしなかった。さっきの玉垣の中でのことだ。

だけど、あちこちに自分がいなかったり、誰かがいなかったり、そういう世界があるのかもしれない。

どこの世界に自分がいるとかいないとか、そんなことはどうでもいいのだ。

誰もが、自分が生まれた世界を、生まれた落ちた境遇を、必死に生きていくしかないのだから。

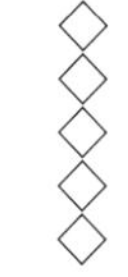

何日も眠っていないような疲労感が、両肩にずっしりと乗っている。僕は両足を伸ばし、首をがっくりと垂れて壁に寄り掛かっていた。徐々に目の焦点が合ってくる。最初に視界に映ったものは畳に放りっぱなしのスマホだった。拾い上げて起動させると、僕の受験番号が抜けた大学の合格発表サイトにつながりっぱなしだった。

帰ってきたのか？　行った時と同じ時間に帰してくれるのか。

視線を上げ、部屋を見回すと、角に大きな隙間ができてしまったタンスがあった。一番上のエリーの段だけが抜いてあり、日記やちらしが散乱している。

「ただいま」

小さく呟く。

僕はエリーの日記やちらしをできるだけもとの形に戻し、引き出しもタンスに収めた。そして一番下の段をそーっと開け、シーザーの下着を取り出してちゃぶ台の上に置いた。タンスが壊れているから触るんじゃない、とマジックで書いた紙を貼りつけた。エリーにはスマホで連絡しておこう。最初からこうしておけばエリーの日記に気づくこともなかったのかな、と思うと微妙な気持ちになる。

僕はリュックを取り上げバイトに向かうべくスニーカーを履(は)いた。とんでもなく重たくて履き心地が悪い。

9

「ごめんなさい！　エリー、シーザー。俺、大学落ちました！」

　畳に正座をすると、僕はエリーとシーザーに向かってぱん、と両手を合わせた。

「城くん……」

　エリーはしばらく大きな目を見開いて絶句していた。それからめそめそ泣きはじめた。

「エリー悪かった。切り詰めて学費捻出に協力してくれてたのに」

「そんなことは親なんだから当たり前じゃない。ただ城くん、あれほど頑張ってて判定だってAのところに絞ったのに、なんでこんな悲劇が起きたんだろ。だから滑り止めの私立も受けろって言ったのに」

「うん……」

　そう、確かにエリーはそう勧めてくれていた。だけど、ギリギリの家計管理をしていて、これ以上の負担はかけられないと突っぱねたのは僕なのだ。なにが起こるかわからないのが受験なのに、受かることしか考えていなかった自分の甘さを呪う。

あれからいろいろ調べ、これから先のこともうすでに自分の中では決定していた。バイトをしながら宅浪して、来年は、浦西善三教授のいる法和大学の、情報科学部デジタルメディア学科を受験したいと思っている。今の学力が維持できればイケるはずなのだ。

ただ浪人すると就職するのが一年先延ばしになる。しかも行きたい大学は私立理系で、国立理系よりかなりお金がかかってしまう。奨学金なしで入学する予定だったけど、それは無理になってしまった。

だけどこのまま就職するよりも、浪人してでも大学に行ったほうが、将来的には安定した職業に就いて高い給料を見込めるはずだ。やりたいことに挑戦してみたい気持ちも出てきてしまった。ロゼッタダイヤモンドをリリースしている会社に就職したいと言ったら、エリーは驚くだろうか。

この先の計画を何と言って切り出そうかと、畳のいぐさの隙間に人差し指の爪を入れて、ほんの五ミリをちまちま移動させながら考えていた。

と、エリーがいきなり劇的な動作で涙を拭いて立ち上がった。僕が強引に直した建て付けの悪いタンスの自分の下着類を入れている段を限界まで開けるから、心底ぎょっとした。

そこには、息子に見られちゃヤバいだろう日記が入っているはずだ。

「これ、使いなさい」

「え？」

　エリーが持ってきたのは日記より、ずっと小さなノート、通帳だった。

「百万くらいにはなってるはずだから」

「え？」

「ほら。エリーのへそくり」

　差し出されて受け取る。

「へそくり？」

　エリーは腰に手を当ててつんっと上を向いた。

「そうよ。人生予期しないことが起こるのは、エリー、こう見えても、よーーくわかってるの」

　だろうな。だから僕の管理とは別に備えていたっていうのか。

　通帳を確かめると、毎月きっちり千五百円ずつ入金されている。その合間に半年ごとの二万円。通帳が最新のものだからわからないけど、おそらくは僕が生まれた年から貯めはじめたんじゃないだろうか。そのくらいの金額だった。総額百万円ちょっと。ひと月も抜けずに少額の同じ数字がきっちり並ぶ通帳に、エリーの強い愛を感じた。

「これで予備校に行かれるよね？　城くん来年は受かるから大丈夫。でも来年はちゃんと滑り止めも受けること。まだシーザーが控えてる。これ以上の失敗はできないんだからね」

予備校には行かないよ。これは私立の補塡分に使わせてもらう。でもエリー……。

「ありがとう」

通帳を両手で掲げ、頭を下げた。

「添槙家の標語よ！　一に安定二に普通、途中がなくて百に夢！」

エリーが両手でガッツポーズを作った。

「途中が出てきて、三に夢……」

「えっ？　そうなの？　城くん」

「んー……」

首筋をポリポリ掻いた。安定と、僕の場合の夢って、どのくらいのバランス配分で普通の生活ができるだろうか？

「やったぁー！　エリー、若いのに城くんジジむさすぎて心配だったよぉー」

エリーが首っ玉に抱きついてきた。客観的に言って非常に見たくない図だ。

「やったぁー、ジョー！　俺が控えてるんだから頑張れよー」

意味がわかっているのかいないのか、僕とエリーの上にシーザーが勢いよくダイビングしてきた。

エピローグ

その日、僕は新しいバイト先に向かっていた。もう春だというのに、ひどく寒い曇りの日だった。

エリーのお客さんの友だちの息子の家庭教師を務めることになったのだ。どうやらエリーが、勝手に持ち出した僕の模試成績を片手に猛アピールをしたらしい。

バイトは楽で効率がいいものに変えたかったから、ありがたいことこの上ない。

橋の手前、製材所の裏門が見えてくる。僕の腰に何かがぶつかり、おそるおそる振り返るとまことちゃんがいた。

「うおっ」

本当にいた！　僕は小さく声をあげてしまった。

あっちの世界で経験したことが起こるならこの後、この子は自転車と接触しそうになるはずだ。ここは丁字路（ていじろ）になっていて、あの時、瑚都（こと）のことをどっから来たんだ、と思ったけど、きっとこの建物脇の細い路地だろう。ちらっと確認し、すぐ視線を前方に戻した。見覚えのある若い男の自転車が目前に迫っている。

「危ないっ」

今度は、僕はしっかりとまことちゃんの腕を掴まえ自分のほうに引っ張った。予期していたからだ。

「えっ」

まことちゃんはびっくりした表情のまま、僕になされるがままになっていた。

「あっぶねーな！　気をつけろよ！」

捨て台詞（ぜりふ）とともに自転車の男は走り去った。

まことちゃんの対応は僕がしたから危なくはなかった。じゃあ、今のは、誰に対しての罵声（ばせい）？

胸の高鳴りをぐっと抑え、深呼吸をしてから振り向くと、思った通り、そこには瑚都が尻もちをついてへたり込んでいた。

高校生の頃、何度か遠目に見たそのままの姿で、メイクもしていなければ、髪も染めていない。そして今は、あきらかに病的に痩（や）せてしまっている。

並行世界で知り合った二十二歳の瑚都と同じ人生を歩んできたなら、瑚都は今年、明律（めいりつ）

学院に合格したはずだ。そして、緒都を亡くしたばかりだ。

　立てないどころか立つ気力もない瑚都のところまで、まことちゃんの手を引いて歩いていき、近くにしゃがんだ。心臓が痛い。普通じゃない。

　並行世界で出会った二人の瑚都に対しては、こんな痛みは感じなかった。小学生の時に神社で話し込んだこの子が、僕にとってのたったひとりの瑚都なんだと確信する。

「だい、大丈夫？　もしかして今の自転車に接触したの？」

「……あ、ありがとうございます。接触までは、してない……です。自転車の、軌道が逸れてくれて……」

　瑚都が顔を上げた。視線がぶつかる。あからさまに瑚都の瞳が大きく見開かれた。

「花辻、瑚都ちゃんだよね？」

「……うん。……添槙、くん……？」

「そう。久しぶりだね」

　覚えていてくれたのか。僕が誰だかわかるのか。憔悴しきっている瑚都を前に僕の心臓は躍ってしまった。

　対照的に、再会した時から伏し目がちな瑚都の瞳は、ビスクドールのそれのように感情が抜け落ちている。

「……ありがとう。添槙くんのおかげで、ぶつからなかったの」

「ねえねえ、もういい？　ぼく、ともくんのいえにいくの」

「あ、悪い」

手をつないだままにしていたまことちゃんが、横から口を挟んだ。存在を忘れていた。

一度体験した流れの通り、その後まことちゃんの家の近所だという主婦が現れ、スマホで連絡を取り、製材所の裏門の前で僕らはまことちゃんのお母さんを待つことになった。

その間十分以上。瑚都は僕の隣で、立っているのもやっとの状態でうつむいていた。

川の流れは蛇行し、製材所の脇に消えていく。ここに製材所があるのは、水路で材木を運んだ名残だろうか。

「俺いるから大丈夫。瑚都ちゃんは帰りなよ」

今を逃したら、もう二度と自然な形で彼女との連絡は取れなくなってしまう。わかっていながら、立っているのさえ辛そうで見ていられず、そう声をかけてしまった。

でも、瑚都はアスファルトに視線を落としたまま、気丈にも首を横に振り、自分も一緒に待つという意思表示をしてくれた。

その後まことちゃんのお母さんが現れて連絡先を聞かれ、ノートにそれを書き、二人は僕たちの前から立ち去った。ここまでは並行世界での体験そのままだった。

だけど今隣にいるのは、緒都を失ってから四年後の二十二歳の瑚都ではない。緒都が亡くなった直後の瑚都だ。そしてなにより、僕がどうしても忘れることができなかった存在だ。

目の前には製材所の裏門が見える。

材木を積んだトラックが出たり入ったりするせいで、いつも開かれているこの門は、管理部屋があるものの人がいるのを見たことがない。製材所の工場（こうば）の裏庭に出るようになっている。

瑚都を助けるためには。辛そうな瑚都の気持ちをほんの少しでも楽にするには。そればかりを考えながら僕までがぼうっとして歩を進めていた。

「すごいとこ……だね」

瑚都の呟き（つぶや）でわれに返った。僕たちはいつの間にか製材所の中に入り込んでいた。

左右に丸太を横に倒して積んだブロックが、縦横（じゅうおう）にいくつも並んでいる。積まれた丸太は僕たちの身長より遥（はる）かに高い。ブロックとブロックの間に入り込んでしまえば簡単に姿がかくせた。といっても実際に製材している工場はかなり遠いから、めったに人は通らない。

こんな人気（ひとけ）のないところに入り込んでいたことに驚いた僕は、何かしゃべらなくちゃ、と焦り、思いついたことをあとからあとから唇に上せる。

「こ、ここさ、小学校低学年の頃、友だち数人で入って鬼ごっこしてさ。学校にばれてエリ、じゃなくて、は、母親が、呼ばれたことあるんだよね」

「…………」

「秘密基地だったんだよ、俺らの。でも、でも見つかっちゃったからね。通達も出て、けっこう大事んなったの」

「……へえ」

瑚都の声に、一瞬、ほんのわずかに色が戻ったような気がした。それが以前の彼女を感じさせた。

丸太の積み方は整然とはいえず、端っこがあちこち出っ張っている。

「座るのにちょうどいいんだよ。雰囲気あるだろ？」

僕は一番下の飛び出た丸太に座った。

瑚都は、半ば放心し、疲れきった旅人のように僕の隣の丸太に腰を下ろした。瑚都の座った場所のちょうど肩の辺りにも出っ張った丸太があり、彼女は倒れ込むようにそこに体重を預けた。

雨が降りそうな一面灰色の空だ。瑚都はそれをただぼうっと眺めている。鳥が直線に並んで飛んでいるのを、かすかに首をめぐらし追いかけているようだった。

製材所の工場からは、丸太を製材にする耳をつんざくような大きな音がしている。僕らが入ってすぐにトラックが到着し、丸太を転がして地面に落とした。地割れしたのかと思うほどの大音響だった。

瑚都に会ったら。

僕は並行世界から戻ってからそればかりを考えていた。話すことは山ほどあった。なぐさめたいと思っていた。大学に落ちて浪人することに決めたけど、力になりたいと申し出たかった。

でも魂を抜かれたような状態の今の瑚都を前にしたら、言葉なんかなんの意味もなさないのだと悟った。

聞いた話がそのままなら、今日は緒都と、そして瑚都の誕生日のはずだ。だから瑚都は緒都が亡くなってから初めて、緒都の誕生日ケーキを買うために衰弱した身体を引きずって外に出た。

〝緒都が亡くなってから、まともに泣くことさえできない〟

並行世界の瑚都に言われた言葉が耳にこびりついている。

そう気がついた時、自分がなぜこの場所に迷い込んだのかを悟った。

泣いてほしい。

目の前の瑚都も、緒都が亡くなってから、泣けていないんじゃないかと、きっとそうなんじゃないのかと、今の様子を見ていて思う。

泣いてほしい。

涙が君の苦しみを外に逃がしてくれるのなら、少しでも楽になれるんじゃないか。そうしてほしくて人目のない場所を僕は無意識に選び取っていた。

だけどそんなこと……泣いたほうがきっと楽になるよ、なんて口に出せるわけはないのだ。僕は事情を知っていても、瑚都は僕がそれを知っていることを知らない。

何もできず、抜け作のように瑚都の隣にいるしかなかった。

どれぐらい時間がたったのだろう。

そっと瑚都を盗み見た時、心臓が止まるかと思った。曇り空を眺めている瑚都の双眸から、とめどなく涙が流れていたのだ。声を漏らすこともなく、瑚都はただ泣いていた。

「瑚都ちゃん……。俺、俺、えっと、この丸太の山の、む、向こう側にいるよ。ここさ、めっちゃ、めっちゃうるさいから……」

声を出して泣いても平気だよ。号泣していいんだよ、と伝えたかった。でもその先は言葉にできない。

そこで瑚都ははっと僕のほうを向いた。自分が泣いていたことに気づいていなかったようで、手で左右の頬を確かめ、えっ、と驚きの声を漏らした。一度泣いていると自覚した瑚都は、もう取り繕うこともしない。両手で口をきつくふさぎ、前のめりになって嗚咽を漏らしはじめた。こっちまで泣いてしまうような、ひどく切ない泣き声に胸が苦しくなる。

助けたい。少しでもこの子を楽にしたい。今の僕にできることは、と必死で考えをめぐらせた。きっと、ひとりにしてあげることしかできない。僕は丸太を降りた。

「……行かないで」

瑚都のか細い声がした。聞き間違いじゃないだろうか、と僕は動きを止めた。

「そばにいて……」

「う、うん……」

「…………」

僕は丸太に座り直した。他にできることは何もなかった。雨が降りそうな空気のせいか、材木の匂いがきつい。

「うん。うん。いるよ。そばにいる、ずっと……ずっとそばにいる」

瑚都の声を殺したような嗚咽は、いつまでもいつまでもやまなかった。

僕はモッズコートを脱ぎ、そっと彼女にかけた。瑚都の泣き声が、瞬間大きくなる。その声は、はるか遠い鈍色の上空に抜けて、溶けていくようだった。

了

集英社オレンジ文庫をお買い上げいただき、ありがとうございます。
ご意見・ご感想をお待ちしております。

● あて先
〒101-8050　東京都千代田区一ツ橋2-5-10
集英社オレンジ文庫編集部 気付
くらゆいあゆ先生

君がいて僕はいない

2020年2月25日　第1刷発行

著　者　くらゆいあゆ
発行者　北畠輝幸
発行所　株式会社集英社
〒101-8050東京都千代田区一ツ橋2-5-10
電話【編集部】03-3230-6352
【読者係】03-3230-6080
【販売部】03-3230-6393（書店専用）
印刷所　図書印刷株式会社

※定価はカバーに表示してあります

ISBN 978-4-08-680306-9 C0193

くらゆいあゆ

駅彼

—あと9時間、きみに会えない—

高校卒業目前の冬。夏林は大好きな瞬と
もうすぐ離ればなれになることに
思い悩んでいた。すれ違いが続く状況で、
夏林は瞬に内緒である少年の
家庭教師をすることになって…?

好評発売中

集英社オレンジ文庫

永瀬さらさ

鬼恋語り

鬼と人間の争いに終止符を打つため、
兄を討った鬼の頭領・緋天に嫁いだ冬霞。
不可解な兄の死に疑問を抱いて
真相を探るうち、緋天の本心と
彼と兄との本当の関係を
知ることとなり…？